石牟礼道子
米良美一

母

藤原書店

母——目次

カバー・本文題字 石牟礼道子
各部扉写真 市毛 實
装 丁 作間順子

母

黒髪

三千世界のそのまた外の
昼とも夜ともわからぬ業の
闇の底なる雪ふりに
糸繰り出して
とんとんからり　とんとんからり

してその繰り出す糸とかや
前世の黒髪とりつむぎ
なんの錦か織りあがる
錦かつづれか知らねども
この世の無常ぞ織りあがる
とんとん　からから

I　出会い

石牟礼道子
米良美一

母の面影

石牟礼道子

節句と母の楽しみ

町の通りに並行して田んぼの中に野道が一本通り、小川がそれに添うように流れていた。菖蒲《しょうぶ》は小川のところどころに自生していた。菖蒲の根元には田螺《たにし》が這《は》っていたし、まわりをちょっと指先で掘れば蜆《しじみ》がいくつもとれた。泥鰌《どじょう》も鮒《ふな》も蝦《えび》のたぐいもさまざまいたので、ここら一帯は、町の子供らの絶好の遊び場だった。日頃、親に内緒の危いこともしでかす遊び場へ、父親と一緒にゆけるのが弟も嬉しいらしく、頭の鉢の振りよう、肩の傾きようで、それがよくわかった。

菖蒲のあるところにつき、最初の一本を取ると、父は必ず息子の頭にそれを巻いてやった。「丈夫になるごつ、大将になるごつ」

わたしが六つか五つ、弟は歳子《としご》で、一つ下だった。めったに我儘《わがまま》もいわず、人間世界の毒気のようなものに極度に敏感で、じっとり汗ばみながら、心の中の洞穴にあとずさりしてゆくような子だった。そんな弟が、この日ばかりは無口なまにはしゃいで、父の手の中の菖蒲の輪の方に、剃り立ての頭を差し出すような気分になっているのが、わたしはとても嬉しかった。

菖蒲の節句には、いつも弟を上座《かみざ》にすえて宴がはじまった。床にも神棚にも菖蒲を活《い》け、菖蒲酒《しょうぶしゅ》と称して白い徳利にさした葉っぱをそのまんま、宴席にまわしていたが、どんな味のものだったろう。飲んだことはない。上座にすえられて退屈するらしく、弟は鉢巻き頭のまんまあくびを連発してよく睡《ねむ》りこんだ。母が、大切なものを急いでしまうように、寝床に抱えてゆくのが常だった。

ちまきはどういうものか、わが家ではつくらず、カステラとおこわを蒸した。

孟宗《もうそう》の筍《たけのこ》が終って節句が近づくと、山の方からコサン竹の筍がどっと届く。加《か》勢《せい》の女房たちの中に薩摩出身のお仲さんという人がいた。筍の頭を人さし指と中指にはさんでひっかけ、くるっとひねってひと息でむき下ろす。若竹色のみずみずしい地膚があらわれる。一枚一枚むくのではなく、一度に全部むき下ろすのである。誰にでもできることではなく、女房たちは手許を留守にして嘆声をあげた。よっぽどたくさんむいて来た手だろうと皆してほめると、かねて無口なお仲さんは、嬉しそうに下唇をちょっと噛んでほほえむのだった。

お煮染《にしめ》は黒鯛を枕魚《まくらうお》に煮た下地で味付けした。魚の鮮度が悪いと生臭くなるから、ことにも生きのよいのを手早くこしらえ、じっくり煮付けておく。茹《ゆ》で上った手作りこんにゃくと、秋に干しておいた芋がらや大根や蓮根《れんこん》など、みな茹でて、熱いところに魚の下地の熱いのをそそいで煮染《にし》めてゆく。こういう材料を、母は煮染ぐさと称《よ》んでいた。

色どりになる人参が五月には薹《とう》になる。母は節句の前に人参畑を見廻った。

「節句の煮染ぐさじゃけん、とうの出らんごつ、切っておこ」

生毛のごわごわしている茎の根元を鎌でちょんと切り、そのまんまにしておくと、ほかの人参は薹になってしまう頃でも、赤い根の方は育った盛りのまんまで、畑に睡っている。掘り立てを皮だけむいて丸のまんま、蜂蜜でとろとろ煮込んで、大ぶりに切りそろえていたが、色が瑞々しく角がぴんとして、五月人参の香りが立った。

ちまき替りの「黒蜜カステラ」とは、蒸しパンである。石臼でひいたばかりの小麦粉に重曹《じゅうそう》を振り入れふるいにかける。卵と黒砂糖を交《ま》ぜてとろりとさせ、蒸《む》籠《かご》に流し入れて蒸しあげるだけの簡単なものだが、芳醇《ほうじゅん》な香りの湯気が噴き出して、蓋《ふた》をあけると、蒸籠いっぱいにふくれあがったふわふわの地に、黒蜜のかたまりがいかにもおいしそうに、あちこち染みこんでいる。

おこわも煮染も黒蜜カステラも、お重に入れて南天《なんてん》の葉をそえ、竹の皮も総動員して、お客さまに持ち帰っていただくのが、母のたのしみだった。

(『石牟礼道子全集　第十巻』所収)

田園の即興詩人

思えば私の家は歳時記風の行事を、とりわけ大切にしていた。行事ごとに蓬《よもぎ》を中心に、なんらかの野草をまじえた食物を神仏に供えた。

七草の粥《かゆ》も早朝まずお供えしたあと、年の順に盛り分けていただいた。小さい頃はその味わいはわからなくて、儀式的な神饌食《しんせんしょく》だと思っていた。この粥の草摘みは田の畦《あぜ》にゆくことが多かった。あるかなきかの芽を指さして、「これが蓬、これがすずしろ」と小さな子が覚えて摘めるまで教えられた。野蒜《のびる》を面白がって採り集めたものを、煎じて呑まされた覚えがあるが、扁桃腺《へんとうせん》でも腫《は》らしていたのだろうか。

父はこの粥を、ことのほか厳格に作らせた。おかしなことに頂くときは、ほとんど床の中だった。正月酒をのみすぎていたにちがいない。熱いのを盆に捧げてゆくと、居ずまいを正しながら起きて言うのである。

「七つの草を頂くというのは、いのちのめでたさを頂くことぞ。一年の祈りはここから始まるのじゃけん、しきたりはちゃんと守らんばならん」

それから、いかにも尊いものを頂くような面持ちになって、箸をとる。

この粥を半ばくすぐったそうに作っていた母の気持ちを今考えると、焼酎を呑みすぎる二日酔い殿《どん》の言い訳と思っていたのかもしれない。母は三月節句の草餅づくりに、たいそう張り切った。幾日も前から蓬を茹であげて、庇《ひさし》の上や、庭のから、諸ガマのとんがりのぐるりに、大きく丸めて干し並べる。四十も、五十も、である。そんなにたくさん、と、まわりから言われぬうちにこう言った。

「五月の節句もすぐ来るし、田植えもじゃろう。梅雨あけの半夏《はんげ》の団子にも要るし、七夕もなあ。そしてすぐ盆じゃろう、十五夜さんじゃろう。正月にはまだ足らん」

餅も団子も二斗ぐらい作らんば、人にさし上げようもなか、と言う。餅搗《つ》きも団子の時期も、準備が大ごとだった。いやいや、田を植え、草を取り、麦の種をまいて刈り入れるとき、小豆《あずき》や夏豆《そらまめ》を植えて穫《と》り入れるとき、すべてすべて、餅や団子を作るたのしみのため、汗を流していたといってよい。

たとえば小さなわたしが畑についてゆき、麦踏みをしたがると、もうすぐ唄語りするように、囃《はや》しかけるのである。

ほら、この小麦女《じょ》は、
団子になってもらうとぞ、

やれ踏めやれ踏め、
団子になってもらうとぞ。

幼いわたしはそっくり口真似をして、二人は畑で踊っていたといってよい。写真を出してみる。若き母は天女のようにあどけない。小豆や夏豆の時期にはこう嘶した。

ほらこの豆は、団子のあんこになってもらうとぞ、鼠女《ねずみじょ》どもにやるまいぞ。

即興詩人《そっきょうしじん》だった。小さな子は鼠女どもにやるまいぞと、つけて言い、大切なあんこの、豆がらの束を担いでかけまわった。小麦も鼠も人間も、団子もあんこも同格になって、母のささやき語に出てくるのだった。狂女の母親を抱えながら、天性うららかなところがあったが、晩年は唄わなかった。その胸の内をおしはかりながら、教えてくれたとおりに蓬餅をつくる。本など一冊も読めなかったその言葉を、たぐり寄せながら。

どの季節でもない、早春の気配を聴く頃にだけ、一種鮮烈な感情が胸をよぎるのはなぜだろう。去りゆく冬と一緒に、振り返ることのできない過ぎ来しを、いっきょに断ち切るような断念と、いかなる未来か、わかりようもない心の原野に押し出されるような一瞬が、冬と春との間に訪れる。それはたぶん、かりそめの蘇生のときかもしれない。

だから上古の時代から、人びとは春菜《わかな》にたくして、遠い未来や近い未来を祈ったにちがいない。わたしの父や母のように。

（『石牟礼道子全集　第十巻』所収）

遍路母娘ともう一人のわたし

そのとき海の方の道から、鈴の音が聞こえました。それはお遍路《へんろ》さんの鳴らしてくる鈴でした。

「ばばしゃま、待っておらいませ」

そういうと、みっちんは、駈《か》けだしました。そこはもう自分の家の近くでした。物の煮える匂いがしています。あの、団子汁の匂いです。その匂いのする台所の土間に駈けこむなり、

「かかしゃま！　お賽銭《さいせん》！」

と息せき切って両手をさしだしました。

ちりん、ちりん、と鈴の音が近づいてきます。

「まあ、何処《どこ》に往《い》たとったかえ、こういう日暮れまで」

「早う、お賽銭か、お米!」

みっちんは、地団駄《じだんだ》を踏むように足踏みしています。お賽銭というものを貰《もら》えるのは、祇園《ぎおん》さまの祭と観音さまのお祭、八幡《はちまん》さまのお祭、それとお遍路さんがやってくるときだけでした。お祭のときは半分神さまにさしあげて、残りを自分が戴《いただ》いてよいのです。お遍路さんのときはまるまるさしあげるのですが、それがみっちんの役目になっていました。お賽銭がなくて、お米をあげるときもありました。米櫃《こめびつ》の底を茶碗でゴリゴリこさいでも米がないときは、粟だとか、からいもだとか、つまり有りあわせのものをなんでもさしあげるのです。いつもは、お遍路さんに、門口《かどぐち》でちりんりんとやられると、あれもない、これもないと、母親とみっちんはうろうろするのでしたが、この日はどういうものか一銭銅貨がすぐに出てきました。

やさしい女の人の声で、御詠歌《ごえいか》が聞こえました。

人のこの世は長くして
変わらぬ春とおもえども

こんな御詠歌の声を聴くと、みっちんはいつも、自分がこの世にいることが邪魔でならないような、消えてしまいたいような気持になるのです。雪の中を、白い着物を着て笠を被《かぶ》り、白い布で頬を包んだお遍路さんは、睫毛《まつげ》を伏せ、手甲《てっこう》をつけた片手で鈴鉦《れいしょう》を振りながら、片手で拝み、しばらく御詠歌をうたっていました。一銭銅貨を握って出て、お遍路さんの胸に下げてある頭陀袋《ずだぶくろ》にむけて伸び上がり、片掌《かたて》に片掌をそえてその上にお賽銭を乗せ、待っているあいだ、みっちんは自分のことを、壊れたまんまいつまでもかかっている、谷間の小さな橋のように感じるのでした。

御詠歌とお念仏が終ると、女の人は恭々《うやうや》しくお辞儀をしました。そのとき女の人のうしろに、いまひとりのちっちゃなお遍路さんが見えたのです。

その子は、背丈も躰《からだ》つきもみっちんとまったく同じくらいな年頃に見えました。かわいい白い手甲脚絆《てっこうきゃはん》をつけ、白い袖無しを着ていましたが、何やらそれに、墨で字が書いてありました。まだ読めないその字を見たとき、半分壊れた橋になっていたみっちんは、なんだか危なくてならない橋の自分が、谷底に墜《お》ちていくような気持になりました。小さなお遍路さんと眸《め》が合ったからかもしれません。その眸は、まだこの世の風を怖がっている仔馬が、母親のお腹の下に隠れてのぞいているように、みっちんを視《み》ました。お賽銭を捧げたまんま、みっちんがべそをかけば、同じようにその子もべそをかきながら、母親遍路の腰にすがり直して、隠れるのです。自分とおない年くらいのその子が着ている白い経帷子《きょうかたびら》の字を、みっちんは、

——はっせんまんのく泣いた子ぉ

と書いてある、というふうに思ったのです。

「ほら早よ、お遍路さんにさしあげんかえ」

母親が後ろから来て、皿に盛った米を、お遍路さんの頭陀袋にさらさらとこぼしました。とてもよい音でした。

「お賽銭な、子供衆《し》にあげ申《もう》せ」

母親はそういってから、お遍路さんを拝んでいいました。

「この寒か冬にまあ、よか行《ぎょう》ば、なさいます。風邪どもひきなはらんようになあ」

お賽銭な子供衆に、といわれて、みっちんもその子も怯《おび》えた顔になりました。

けれどもお賽銭をさしあげるのはみっちんの役目でしたので、足がおない年の子のところに歩いていって、一銭銅貨を渡そうとしたのです。お遍路さんの女の子が、貰うまいとして両手をうしろに隠しました。小さな掌《てのひら》と掌がもつれるように触れ合って、赤い銅貨が雪の上に落ちました。みっちんも泣きたいくらい恥ずかしくて、両手をうしろに隠して後退《あとずさ》りました。

ふたりはほとんど一緒に後退りをすると、くるりと向き直り、あっちとこっちに別れて逃げだしたのです。

——天の祭よーい、天の祭よーい。

みっちんは、心の中でそう叫んでいました。恥ずかしくて恥ずかしくて、雪を被った塵《ちり》箱や電信柱に、助けて、助けてといっしんに頼んでいました。それから、ふと立ち止まってこう思ったのです。

——天の祭さね去《い》っておった魂の半分は、あの子かもしれん。あの子は、もひとりのわたしかもしれん。

そう思ったらどっと悲しくなって、もうおんおん泣きながら、海の方へゆく雪道を走っておりました。そして泣きながら、

——うふふ、あのお賽銭な、蘭の蕾《つぼみ》かもしれん。

と思ったりしていたのです。落ちたまんまの赤い銅貨の上に、音もなく、夜の雪が降りはじめていました。

(『石牟礼道子全集　第七巻』所収)

日向の匂い

「あすこの三番娘はこのごろ見んが、売ったちゅう話ぞ」

声をひそめて大人たちが夜の寄り合いで話し合ったことは衝撃だった。わたしより三つ年下の幼なじみで、父親は片手がなく、焼酎びたりだった。妻女《つまじょ》はどういう家の出かと皆がいうほど物腰やさしく、言葉づかいの丁寧なひとで、わたしはこの小母《おば》さんからよく声をかけられた。ある時、それは鮮烈な、赤いトマトをもらったことがある。

母のあと追いをして畠《はたけ》道を泣いてくだるところを呼びとめられ、袖《そで》を引かれて振り返ると、小母さんは慎ましげに膝《ひざ》をついて、泣きわめいているわたしを引き寄せ、ぐしゃぐしゃになった衿《えり》元を自分の手拭いで拭いてくれた。そして、つやつやと陽を受けて輝く赤い果物を、前掛けの中からとり出した。

「ほら、こればさしあげまっしゅ。おいしか、珍しかもんでございますばい」

やわらかい声音だった。幼児にも人柄の誠実というのはわかるものである。いっぺんに泣き止んで、ひっくひっくといいながらうなづくと、小母さんは手にひとつ持たせてくれた。ずっしりと持ち重りがした。両の袂《たもと》にもひとつずつ入れてくれた。

「おかしゃまにもあげてたもんせ」

こちらの目にひたと視《み》入っていた小母さんの顔色が、ふつうの人よりは青白かった。道々かぶりついてみたトマトの味は鮮烈だった。てっきり甘い物と思いこんでいたのだ。それは日向《ひなた》の匂いだった。

わが家では、極端に遠慮ぶかいこの人のことをいつも気づかい、どうしてあんなに品のよい人が苦労しなければならないかと話しあっていた。三番娘の話が出てきたとき、トマトをもらった日から十五、六年経っていたかもしれない。

「またまた、おかよさんの病気の、ひどうならす」

母は吐息をつきつきそう洩らした。

「酒呑みちゅうても、度の過ぎとる」

お互い焼酎呑みも過ぎる方であるくせに、その夜の寄り合いの終りにはやっぱり焼酎が出て、湯呑みを口に運びながら小父さんたちがいうのが、神妙に聞こえた。

一家のことは近所の噂によく出された。おかよさんが夜中に水門の上を行ったり来たりしょらしたとか、長八どんがあの片手で、おかよさんの髪をつかんで蹴りおらしたとか、そういうときもおかよさんという人は、泣き声さえも出さないひとだそうだ。今に長八さんは足も曲がるのではないかと、村の女房たちはひたすら、おかよさんとその子供たちのことを心配した。この家は田んぼを持たなかった。

長八さんはむかし薩摩で刀鍛冶《かたなかじ》の修業をしたとかで、腕を見込まれていたのだが、壊疽《えそ》という病気にかかり、右腕を肘《ひじ》の一寸くらいのところから切断していた。おかよさんは師匠の娘で駈落《かけお》ちしてきたという噂だったけれど、ご本人たちからは誰もそのことを聞いた者はいなかった。

長八さんはそんな躰《からだ》だったから、たいした働きはできなくて、たまに庭先に出て左手で斧を振りあげ、薪を割るのを見ることはあったが、たいがい顔を赤くして、田の中の道をよろよろ歩いているので、子供たちにも、見慣れた酔っぱらいさんと思われていたのは仕方がない。

あつこちゃんはどこにいるのだろうか。色は浅黒かったが丸顔の母親似で、自分からものをいうなどめったにない子だった。十時《とお》分まではよく遊んだ。わたしの人形は母や自分の手作りで、見映えもなにもない代物だったけれど、一緒に遊んで、人形に布団を着せ終ったある日、あっこちゃんがこう言った。

「あんなあ道子しゃん、今夜なあ、うちにこの人形さんば泊らせてくれん、ひと晩でよか」

上等とはいえない人形をほめてもらった気がして、わたしは喜んだ。

「はい、よかよ。今夜泊りにゆくかいな、あやのさま。あっこちゃん家《げ》に。布団も持ってゆきませな、枕も持ってゆきませな」

あっこちゃんは古い藤の文箱《ふばこ》に入れたぼろぼろの人形さんたちを大切そうに抱えて行った。ひと晩たっても帰ってこない。三晩たっても帰ってこない。心配になって母に訴えているところに、おかよさんがあっこちゃんを後ろに隠すようにして、小腰をかがめながらやって来た。

「すみまっせん、すみまっせん。ひと晩ちゅう約束じゃったそうで。それがその、人形さんにトマトを給《たも》らせるちゅうて、給らせる真似ばしておりましたら、汁をひっつけて。お顔が汚れて、なかなか落ちずに。申訳ないことで」

あつこちゃんはその腰の後ろで、泣きベソをかいた顔を出したり引っこめたりした。

「いやあ、よろしゅうございますが、そげんこと。まあ、そりゃ、珍しかもんばご馳走になりましてなあ」

母は大急ぎで手を振って、人形がご馳走になったお礼を言った。小母さんは伏《ふし》目《め》勝ちに言った。

「もうあのう、トマトですが。トマトしかなかもんで。持って来ましたが、お口には合いませんじゃろうなあ」

これ、とおかよさんは振り返った。目をぱちぱちさせながらあつこちゃんが人形籠をさし出すと、それに添えておかよさんは片手に提げていた竹の磯籠を上り框《がまち》に置いた。南天《なんてん》の葉を床しくかぶせた下に、瑞々《みずみず》しいトマトが光っていた。母はあとで呟いていた。
「人形ぐらいのことで丁寧にまあ。畑の下働きして、かつがつ暮しに、気の毒さよ」

（『石牟礼道子全集　第十二巻』所収）

「沖は風、風」

母は、天草からの流れ者、とうっかりわたしがいうと、いちじるしく嫌って、いかがわしい家系だと思いたくないらしい。けれども父は、

「おお、おりゃ、天下にかくれもせぬ水呑み百姓のせがれで、血すじも家すじも、あったかもしれんが、なかったかもしれん。家すじがなんか、血すじがなんか。今現在に生きとる、わが人間の精神ば云うてみろ」

と常にオーバーな見得を切っていたから、相当に、流れるということを自覚していたのだろう。なんにつけ、瞬間湯沸し器のようにたぎり返って、この世のこと

を怒っていた父が、はかばかしい受け答えをせぬ母にむかってよく云った。

「何をいうてきかせても、ただのいっぺんなりとも、はい、そげんでござりますなあ、ちゅうたことがあるか。耳はどこにつけてもろうたか。常に、沖は風、風、ちゅうような面して、本心、馬鹿にしとる」

「沖は風、風」という云い方は、人相や人柄をいうときによく使う。つまり現世の緊急事には、そよろとも関心を示さず、そのような場合に有用の人間であったことは、自他ともにおぼえがなく、どのような火急事が起ろうと、沖の白帆《しらほ》に吹く風の行方なんぞに、気をとられているらしい。そういう顔付きや人柄を称して、

「ああ、あんわれは、雹《ひょう》の降ろうが鉄砲の弾の降ろうが、沖は風、風じゃ」

という。共同体のわく組から、常に漂い出ていることを認められているのである。

一度漂い出る道を覚えたら、まことに自由であって、目鼻口、いずれも、なにか

にむかって目的意識的に統一されるということがないから、茫洋《ぼうよう》とした表情になってくる。

母は、父にそういわれて内心まごついているのだけれど、あっけらかんとした表情のまま、あらぬ方を眺め、

「えーと、夏豆《そらまめ》の種は、秋の彼岸じゃったかなあ。春の彼岸に蒔《ま》くとじゃったかなあ」

なんぞとぬけぬけ呟やいて、父は股《もも》をたたいて激怒することがよくあった。

父が死んで八、九年経って、なんたることか、その母が人さまにむかい、

「うちの道子ばっかりゃもう、のろのろさんで。どげん忙しかろうが、魂はどこさね往《い》っとりますとじゃろ。沖は風、風で。なあんも間尺《ましゃく》に合いまっせんと」

と訴えているのを時々、耳にする。

「あらよう」

とわたしは天草弁でびっくりする。

「この馬鹿が。耳はどこにつけてもろうたか」と云われ続けて来たものだから、母が一度それを自分も云って見たくて、使いはじめの心安だてに、魂はどこ向いとるかと飛躍させたところは、八、九年考えていただけのことはある。

春夏秋冬、この世の出来ごとと真正面からぶつからぬよう要心して、やりすごしては来たものの、忘れていたつとめをふいに思い出し、死ぬ前の蛇がぞろりと脱皮するように、親の本性をあらわしたのである。お盆の去った広漠たる残暑の中に、なにか悠久なものが居座ったな、という思いでいる。


（『石牟礼道子全集　第八巻』所収）

死者たちから受けとるもの

いま、余命いくばくもない母につきそう日々である。仕事を全部ほったらかして、昔そうしてもらったように添い寝してやりたいが、思うにまかせない。

三年半ほど前、胃癌《いがん》を発見されたとき、切除しなければあと半年の命だといわれ、度を失った。八十六歳になっているが、幼いとき、日暮れの野道で後追いをして、遠くなる姿に向かって、足ずりをしながら追っかけていた頃の気持ちがどっとふきあげた。

一見おっとりにっこりしているが、自分中心の強情をもおし隠していて、いったんそれをあらわしはじめると、どうにもこうにも辟易《へきえき》する性格でもあったが、どうでもよくなった。はるの、という名で、名のとおり、うらうらとあどけないばかりの人間であったような気になってくる。

病気になる前は、あまりのエゴイズムにあきれはてることがしばしばあったことなど吹っ飛んで、ただただ母に置いてゆかれる子の、途方に暮れる気持ちがつのった。

父のときはそうでもなかった。覚悟の深い人だった。老人性結核の喘息《ぜんそく》だったけれど、水俣騒ぎの初期の頃で、病院代もつくり出せないまま、死なれてしまった。

「嫁にやった娘に援《たす》けてもらうほど、落ちぶれちゃあおらんぞ」

などと病みかがまった蟷螂《かまきり》さながらの気息の底から言っていた。そのような病床で、死ぬ日も朝から焼酎を生《き》で一合ほどは飲んだろうか。

いつものように激しい喘鳴《ぜんめい》におそわれて、背中をさすっていると、ふっと、やすらかになって息が絶えた。いつもという日常の裏側には、死が寄り添っていたのかと、そのときおもったことだった。激しい気性だったが、からんとしたような終わり方だった。

父の死の実感は年々じっくりやって来る。二十年も経った今では、その生死はほんとうにひとつになって、ひとりの人間が生きたという意味がほんの少し、自分の血肉になりかけた。

弟は、汽車に轢かれて死に、兄は沖縄で戦死。祖父を看取《みと》り、狂女であった祖母を看取った。歌よみの親友二人は服毒自殺をとげた。水俣の患者らがおびただしく死に、それは今も続き、痛恨ならざるは一人もいない。

そしていま、死にゆく母の日々がこたえている。そばに居ても、わたしと妹の名を哀切な声で日に幾十度呼ぶことか。若い頃から、便所にゆくのに怖がって、子供を起こすほどの臆病者だった。癌などといえたものではない。

希望を持って療養していたけれども、末期になって、観念したらしい。誰彼に、あとをよろしく頼むと言いはじめた。どんなに心細く、追いつめられた果てのことだろう。

「まあ、まだまだ、達者になんなはらんば小母さん。外は花もいろいろ咲いとりますけん、ゆきまっしょ、花見に、達者になってなあ」

などと言われると、笑顔をつくって礼をいう。幻覚が生じているらしいが、時々はっきりする。昨夜はこう言った。

「もう今まで苦労したけん、これから先は、楽になろうごたる」

死んで楽になりたいという意味でもなさそうに聞こえた。狂女を母に持って来た人だし、長女のわたしがいろいろ抱えこみすぎているのを、とても気にかけてくれている。

「もう今は楽になったのとちがうと。おいしかものはみんなが食べさせるし、雨もりはせんし」

とわたしは言った。

「うん……。雨もりはせんが、今もいろいろ、苦労しよっとぞ、誰にも言わんで」

なるほど、とおもう。訊《き》きただしてみると、家人たちとの間で、気持ちの齟齬《そご》がだいぶん溜まっているらしい。人間苦というのを今さらながらおもった。なんとか幸せな気分にしてやって、あの世に送らねばと、家人たちに頼んだ。

今年の正月ごろまで、ひょいと起き上がることがあり、仕事場に出かけるわたしに、遮二無二《しゃにむに》おおきなおにぎりを「途中でひもじか目にあわんように」といいながら、海苔に包んで持たせてくれていた。しいて断らず、これが最後と思い思い作ってもらっていた。

死者たちからわたしどもが受けとることとの大部分は、生きていた間の、どうしようもない異和感と断念のようにおもえる。それらを包みこんだ生命の光の中で、生きているようにおもえる。
若い時はそのような現世の深さに気づかなかった。死ぬのになんの覚悟もない。
今日を大切にとは思うが、それも毎日やりそこなってばかりいる。

(『石牟礼道子全集　第十一巻』所収)

くさぐさのお祭

おせちには、なるべく家の伝統をと思うものの、わが家でも徐々に変わりつつある。

幼い頃からそれが出ないと正月らしい気のしなかった白身鯨《くじら》が、今年からなくなった。

なくしてしまったひとつにお煮染《にしめ》がある。

母の存命中は必ず作り、若い者が手を出さないで最後まで残ると母はもったいながって何回でも温《ぬく》め直して食べていた。干し大根、人参《にんじん》、牛蒡《ごぼう》、里芋《さといも》、蓮根《れんこん》、干しつわ蕗《ぶき》、干し蕨《わらび》、干し筍、干し芋がら、椎茸《しいたけ》、揚げなどを、煮干しのおダシで煮込むのだが、冬野菜の味が渾然《こんぜん》としみあって煮染《にしめ》とはよくぞいうと思う。お精進のときは高野豆腐《こうやどうふ》が加わる。干し筍のほかはぜんぶ、蒟蒻《こんにゃく》も自家製で、今流にいえば有機栽培、完全無農薬健康食品の大集合である。

春秋の彼岸、三月の節句、八幡《はちまん》さまの祭、五月の節句、田植、稲刈、麦蒔《ま》き、麦仕納《むぎしの》、川祭、七夕、八朔《はっさく》、山の神さまの祭、十五夜、月々の二十三夜待ちと、年中行事のたびごとにこしらえた。川祭とは村で使う井戸の神さまの祭である。それは農作業の陰暦と密接に結びついた食べごしらえだった。

母はケタ外れにたくさんこしらえる人で、ありとあらゆる容れ物を探して客に持たせる。

「くさぐさばかりですばってん、よその物なら、にが菜もご馳走ちいいますで」

そう言って押しつけながら羞《はに》かみ笑いをする。

バカ盛大に作る気風はわたしと妹に遺伝した。特別の食べごしらえをするのを母は「ものごとをする」と言っていた。

「いつ、ものごとをするかわからんで、煮染草《にしめぐさ》なりと集めておかんば」

口癖にそう言って暇さえあれば干し野菜を作る。

ものごとの日、直径六十センチばかりの大鍋にまず、大きな新しい煮干しをわらわらと底に敷く。水を張り、砂を取った昆布を長いなりに折って十本ばかり入れる。戻した干しつわ蕗、干し蕨、干し大根も長い姿のまんま揃えて入れてゆく。お精進《しょうじん》のときの干し野菜は、油でいためてから右のようにする。

とろ火にかけ、下味がうっすらついた頃をみはからって、皮をむいた人参を切らないで一本ながら並べてゆく。蒟蒻はなかなか味がしみないので、椎茸に添わせるように昆布の近くに置く。生大根は、さすがに、一本丸煮ということはなかった。

「人参は丸のまま煮る」

といわれて、食べごしらえに興味をおぼえはじめた頃は、大雑把《おおざっぱ》に思えて抵抗を感じたものだった。

その頃さるお医者さまの家にゆくことがあって、たまたま器に盛られたお煮染をみた。おひな様のお飾りみたいに小さく切り揃えられた人参、牛蒡をみてじっにびっくりしたものである。わが家のはその六倍くらいも大ぶりで、これは田舎流だと思ったものだった。

長いなりのまま、じっくり煮含められた昆布や干し野菜、人参は、煮上ってから寸法を合わせて切り揃えた。畠《はたけ》からすぐ鍋の中に来た人参などは、ことに切り口が綺麗で、古い青絵の大皿に盛りつけると豪快で、母の言葉を借りれば、「くさぐさのお祭」みたいだった。

料理の本などみれば、今は小ぶりに品よくこしらえて、「吹き寄せ」などというけれども、昔の人たちは躰《からだ》をよく動かしていたうえに、こういう食べものをお腹いっぱいいただいて、ひきしまった筋肉質の五体をしていた。

しかし、その野菜たちの下ごしらえの手のいること。スナック味になれた世代には喜ばれないので、熱心にこしらえたものがいつも残ってしまう。

最後まで食べつくすなど、わたしはとてもできない。母にならって、おいしいうちに方々《ほうぼう》へ配るのを常として来た。しかしこの頃、それがしんどくなってきて、ついにここ幾年か、地鶏を使った筑前煮《ちくぜんに》に切り替えたけれど、それも今年はやめて、馬のすじと厚切り大根のおでんを作ったら大そう喜ばれた。


（『石牟礼道子全集　第十巻』所収）

故郷へ、母への想いは
永遠に……

米良美一

ある日私のもとへ執筆の依頼が来た。

作品解説をお願いしたいということなのだが、真の文学者でもなければ、今のところ文筆家と呼べるわけでもない。本来歌うことを生業としている私が、著名で高名な作家先生のお書きになられた作品を、「あーだのこーだの」論じれるほど熟してはおらず、正直なところ自信も無い。そして大変恥かしながら、まだまだ不勉強な私は、この度初めて石牟礼道子先生のお書きになられた作品に、その文章に触れさせていただくこととなった。


「しかし、何故ボクに?」

白羽の矢が立てられたことを不思議に思いながらも、手元に届けられたホヤホヤのゲラを恐る恐る、静かにめくった。しかし、作品を先へ先へと読み進めるうちに、そうした気後れや思い煩い気味だった気分は何処へやら。時間も場所も、幾重にも連なる山々をも越えて、ズンズンとその世界に引き込まれていった。驚いたことに、そこへ書かれた大変詩的な文章は、まるで情感あふれる楽曲の名旋律のように、美しい抑揚を備えた音楽のフレーズのように、私を感じさせるのだ。流れといい、切れといい、テンポといい、いつもの大好きな歌曲を口ずさむかの如く、非常にメロディアスに思える文面に、私は小気味よく調子をつけて読み耽った。そうしたことからも、やはり素晴らしいと評されるものは、どんなジャンルのものであれ、一切がよどむこと無く、冴えとか勢いとかを持っているということに、あらためていたく納得させられたのだった。それから、天草を舞台とした数々のエピソードが、同じ九州に生まれ育った私の魂へ、直球でいくつもの大きな共感を打ち込んで、何とも形容しがたいぬくもりと懐かしさに、私の胸はやさしく震えた。

育った時代も環境も、それぞれ違った条件のもとに生かされていたにもかかわらず、石牟礼先生のお書きになられた回顧の記述の中に、純朴であった私も確かに見ていたセピア色の情景を豊かに思い起こし、同じ匂いの中で幾度となく熱く浸った。それが単純に同郷だからとか同じような文化圏に生きたからなどという、現実的な身内意識や贔屓目ではない。よりもっと純粋で深い、高次の感受性の一致を、一方的かもしれないが私は強く感じているのだ。

石牟礼先生の作品と、米良美一と言う人間を結びつけたのは、「母」そして「故郷」という二つのキーワード。もちろんこれらのテーマは、きっとすべての人にとって普遍的な原点であり、それぞれの淡い思いを惹き付けるものであろう。

私は舞台で「ヨイトマケの唄」という作品を大切に歌っている。この唄は昭和四十年に発表された、美輪明宏さんご自身の作詞・作曲による名曲で、ご本人はもちろんのこと、多くのミュージシャンや歌手にもリスペクトされ今もなお歌い継がれている。

九州は宮崎の山間部で生まれ育った私は、山仕事や土木工事などの辛い肉体労働に耐え続けた、至極慎ましい両親のもので育てられた。

母は男衆に混じって工事現場や野良仕事をこなし、生まれつき病弱だった私のことを気遣いながらも、ひたすらに働き続けた。質素な生活の中での、こうした体験や鮮明な記憶から、「ヨイトマケの唄」は私にとって全く嘘偽りの無い、真実としての表現ができる、我が魂の叫びのような歌なのである。

そうした流れからも「母」をテーマとした作品集へのご縁を頂戴したという事実を前に、私は何か、目には見えない大いなる力や導きを感じずにはいられない。

石牟礼道子詩文コレクション第七巻「母」の中に収められている素晴らしき珠玉の作品には、活きのいい天草弁が沢山登場するわけだが、それらは本当に陽気で、素朴さとそして、どことなく奥ゆかしさもあって……。私の生まれ育った田舎訛りとは多少異なる表現の違いはあるにせよ、十分にその意味や含みを理解できるあたりは、同じ九州者《もん》同士の誼《よし》みにあるのかもしれない。むしろ所変われば品変わるで、言葉もニュアンスも微妙に違うもんだなあと、顔が思わずほころびながらも、なんだか頻りに感心したのだった。

数々の食べ物にまつわるくだりは実に細かくなめらかで、季節を通しての人々の生活の様子と共に見事に描写され、しきたりや慣習を織り交ぜながら鮮やかに書き綴られている。

とびきり食いしん坊の私は、たびたび作品の中のエピソードに現れる少女みっちん（幼いころの石牟礼先生のニックネーム⁉）と一緒になって生唾をゴックンしながら、次から次に登場してくる九州の味、天草の味に、にんまりと想い膨らます楽しみを、たっぷりと戴いたのだった。

すべてをしっかりと読み遂げた後の私は、満遍無い充足感と幸福感にほっこりしながら、胸の内に限りなく拡がりくる、在りし日の懐しい風景や思いの丈を、心の底から存分に楽しんだ。

九州の人々の大らかな性質、耳に残る朗らかな笑い声、生活の中から生まれ出る音や匂いや肌ざわり、それから大自然が創り出した掛け替えのない色合いに至るまで、そのどれもが愛おしく、そこにはキラキラとした生命の輝きがあふれていた。

石牟礼作品に描かれているこうした光景や心情は、遠く忘却の彼方へ追いやられていた、私の無邪気な童心を、再び思い出させてくれるものだった。

そしてすっかり大人になってしまったうすらすけた心さえも、優しく拭われ、揉みほぐされ、慰められていく。それはまるで、母親のぬくもりに抱かれた幼子のように……。

II

共鳴——風土、食べものそして母

石牟礼道子
米良美一

二〇一〇年一〇月一三日、
石牟礼道子宅で対談が行われた。

1　九州の土に育まれて

■天草弁と宮崎弁でゆきましょう

石牟礼　どういうご縁があって、アニメーション監督の宮崎駿さんが米良さんを見出されたのでしょうか。

米良　宮崎監督が朝出勤なさる時に、たまたまＮＨＫのラジオを聴いておられて、その番組で私が歌う「城ヶ島の雨」が入ったＣＤがかかっていたそうです。名前も国籍も性別も年齢も分からなかったけれど、声を聞いて、この人に歌ってほしいと思われたというふうにうかがいました。

石牟礼　おえらいですね、宮崎さんという方は。あなたを見出されたということが、おえらい。

米良　本当に。大変有難いことです。感謝しております。それに道子先生もそうですよ。私をひっぱり出して文章を書かせてくださったんですから（笑い）。先生のご本（石牟礼道子詩文コレクション⑦『母』二〇〇九年六月刊）に解説を書いてくださいといわれて、もうどうしようかと思いましたが、まあ感想文レベルではありますが、書かせて戴きました。あの本読んでよかった。

石牟礼　あの解説にはびっくりいたしましたね。私とってもうれしゅうございました。

米良　私は先生のお母様を主題にした本を読んで、自分の思い出よりもさらに古きよき九州が凝縮されて。また先生にたくさんのエピソードがあって。小さいころからよくいろいろ見てらっしゃったんですね（笑い）。あの本読んで、まあすごい観察眼と思って。やっぱりできる人は小さいときから違う。幼少期からいろいろ考えて大人たちのこと見ていらしたんだなと思って……。

石牟礼　大人のことが案外わかるんですよね、子供には。それでわからんふりをしていようと思っていました。えらい変わった子と思われたら、私も居心地が悪いんですよ。ふつうの子供らしくしていようと思って努力していました。

米良　大人の行動とか、心理描写とか、あそこに書かれてること見たら、ああすごいと。

石牟礼　まぶたに焼きついているので、それで目が早う悪うなったに違いないんですよ。目のフィルムが、あんまり見過ぎて……。

米良　ひとよりもずっと深く見てこられたからですね。

石牟礼　生理的に見える目だったので、それで使い果たして早く見えなくなったのかも。いまは長い文章は読めないです。字面から字が浮き上がってきましてね。浮き上がったところからさらに、文字同士が蜘蛛の子が手足を延ばし、つなぎあったように見えて、元の文章が見えない。それで長いこと読むことができません。いま一日に、読んだり書いたりする時間は、二時間ぐらいです。

米良　それでもそんなに……、十分長いですよ。道子先生の前のやり方からすると短くなったかもしれませんが。

石牟礼　一年半ぐらい前、ここの入口でぶっ倒れたんです。パーキンソンという病気にかかりましてね。藤原さんも大変心配してくださって、漢方薬とか治療師さんとかもいろいろお世話してくださいましたけれど。私のパーキンソンは性質《たち》が悪くて着地感がないの、雲の上を歩いているみたいで。足の裏も、そこらをさわっても、分厚い何か隙間がある。隙間といったってぎっしり詰まっているんですけれど、つかんだ感じがしない。それで食べるものはにがい、飲むものもにがい。

米良　味覚もですか。でも、先生、百歳過ぎたらみんなパーキンソン病になるげなと……なるらしいですよ。

石牟礼　なるげなでよかですよ。宮崎弁と天草弁で話しましょう。

米良　はい、そうですね。天草弁……、よかですね。

石牟礼　天草弁は使いきらんのですけど。聞けばわかる。自分がいうのはむずかしい。

米良　でも文章に書かれているのがものすごく情緒感があって、いい言葉やなと思うて。

石牟礼　字面でアクセントを表現できないかと思って……。

米良　私、声に出して読んだんです、先生のご本を。一回黙読でずっと読んで、二回目、朗読の仕事がきたときのために朗読を勉強しようと思ってですね。

で、天草弁も自分なりにイントネーションをつけてみました。

石牟礼　最近気がつきましたが、天草全体が私が書きますようなのかと思っていたら、さまざまあるみたいですね。

米良　やっぱり地域で違うんですか。

石牟礼　違いますね。私、お世話になっている看護婦さんたちが大変気立てのいい方がたに恵まれていましてね。天草出身の人がたくさんいらっしゃいます。でもその方がたは、あんまり天草弁をお使いにならない。

米良　たぶん、世代によってもちょっと方言の使い方が変わりますよね。ご年配の方と、いまの若者の使う言葉というのが。

石牟礼　はい、違うようです。

米良　宮崎でも、私はじいちゃんばあちゃんに囲まれて、年寄りにかわいがられて育ちましたから、私がしゃべる宮崎弁といったら、若い子が絶対にしゃべ

らんような言葉をしゃべっとですよ。すると、やっぱわからんといわれるですもん。

石牟礼　私が聞いていた天草弁は大変雅《みやび》やかなゆかしい天草弁でした。

米良　あの本を読んだら雅《みやび》な言葉だなと思ってですね。ちょっと関西の方の都のやんごとなき言葉の感じもあってですね。

石牟礼　やんごとない感じですよ。それを私の祖父の世代は使ってましたね。

米良　でも先生は、きれいな標準語をお話しになって。もっとこってこてになまっとられる方かなと思って来たんですけど……。

石牟礼　きれいな標準語って、そんなことないですよ。

米良　先生はそんなになまっとられんですよ。私のほうがよっぽどなまっちょるが……。きれいな上品な日本語を話される。私も音楽家だから、耳から入る音がすごく気になるんですけど、きれいな、はっきりした日本語を話されますね。

石牟礼　あらまあ、ちょっとなんだか、恥ずかしい。

■料理はおままごとの気分で

米良　あの本にはいっぱい、魚の煮付けやらの料理の話が載っとるじゃないですか。魚はもちろん新鮮なんだけど、最近の海ん中はどげんなっとっとか、魚の様子がちょっと違うてきている……と書いてあるところがドキッとしましたね、私は。

石牟礼　はい、違うんですよ。いわしもこのごろは。

米良　何もかんも違うような感じですよね、昔とはね。それは私も感じます。先生、目の前のお料理いただいていいですか、せっかくいま出していただいたから。

石牟礼　はい、どうぞ、熱いうちに。おつゆは熱いうちに。あおさのおつゆ。あおさは宮崎の山の中にはなかでしょう。

米良　まったくないです。買うと高いです。高級品です。

石牟礼　これはほたて貝のおだしでいたしました。

米良　だしがものすごくきいています。おいしい。からだにしみ入りますね。

石牟礼　ああ、よかったよかった、当たりや。今日の献立は当たった。この三つ葉汁は栽培じゃなくて野生みたいでしたよ。時どき出ますもん。

米良　だからちょっと香りが強いんですね。ふつうの売っととと違いますもん。

石牟礼　これを茹ですぎないようにして、茹でてもらいました。

米良　すごいいい歯ごたえです。シャキッとしてる。これ茹ですぎるともったいないですよね。

石牟礼　くにゃっとなって、この味と歯ざわりが消えますもの。この煮しめはこのまま全部食べていってください。

米良　んん、筍がおいしい。ようしゅんじょるですよ、味が。

石牟礼　そうですか。おだしはいまの干ししいたけで、干しほたてと、だしじゃこと両方入れる。

米良　やっぱり煮しめはだしがね、ちゃんとしとらんと。わー、おいしい。このなば、しいたけをいただきます。

石牟礼　やっぱり、なばといいますか。

米良　しいたけのことをなばというとですよ。なば、おいしい、肉んごたるですよ。

石牟礼　そうですね。私たちは小さい時はあまり肉は食べられませんで、しいたけは肉のようなものでした。高価なものでした。水俣はやや町がかっていましたから、それでもね、山や海のものをみんな食べてましたから。そして物事（祝いごとや供養ごと）をするときでないと、しいたけはふだんは使いません、とても貴重で。

米良　うちらへんもそうでしたよ。祝いやら不幸やらなんでも、寄り合い

やらがあっときには、吸《す》い物《もん》のだしとったり、それから必ず煮しめの具にありましたね。いやあ、もう最高ですよ。これまた、おあげがおいしそう。これも肉んごたる。

石牟礼　このあげには、いまいっただしの中に、さらにしいたけのおだしも入れたんです。昆布からもだしをとって……。

米良　ものすごく奥深いだしの味がする。いろんなだしが混ざってる。にんじんもきれいにお花の形に細工してあって、またおいしそう。うん、東京へんのにんじんとは全然違いますよ。ちゃんとしたにんじんの味がする。

石牟礼　これはね、まるながら煮ました。いまのお煮しめのおつゆを全部使って。煮るときに切って煮ると、お味がおつゆの中に逃げだしてしまうので、にんじんの味を閉じ込め、おだしの味も閉じ込めようと思って、とろ火で煮てもらいましたんです。

米良　じゃあ栄養も逃げんで、中にしっかり残って。またその料理の仕方がすごいですね、ホントにおいしい。

石牟礼　このご飯は黍をもらいましたの。それでちょっとほの赤い。黍の中におだしを取った貝柱をほぐして、味つけて混ぜてもらいました。

米良　全部むだになさらんとですね、全部食べる。

石牟礼　はい、むだにしないように。こんなによろこんでいただく人って……。

米良　ほんとに先生のご本『母』に出てくる少女、みっちんと同じぐらいに、私は食べることが好きなんですよ、子供のころから。

石牟礼　なんというか、おままごとの気分ですね。お料理というとなんだか、すましてる感じですから、そんな気取ったたんじゃなくて、おままごと。『食べごしらえおままごと』っていう本を書いているので。今日、おみやげにさしあげま

しょうかね。これは鹿児島のタマゴ農協の機関誌で、二十年か三十年前に作ってくださったんですけど。〔本を見ながら〕これをごちそうしたいですがね。生《いき》のいい鯖をしめて……。

米良　ぜいたくな寿司ですね。宮崎ではこんな華やかな料理、食べたことないですよ。

石牟礼　これはお料理の先生に習った料理じゃなくて、即興的に私が考えた。今度はこの料理を食べにいらっしゃいますか。

米良　必ず来ますよ。もう忘れんですよ。

石牟礼　ど素人の食べごしらえ。

米良　いやぁ、見た目もきれいだし、第一おいしそう。やっぱり一芸に秀でる方は、何をやられてもすごいとですね〔笑い〕。〔本を見ながら〕天草地方の煮込み風手打ちうどん「押し包丁」。どれもこれも食べてみたいもんばっかりです。

■「幻楽四重奏」とともに

米良　道子先生がお書きになる文章は、旋律の流れる歌のごとあって。

石牟礼　私、文章で歌をうたいたいと思って。

米良　本当に、もうそのとおりですよ。歌をうたう、鼻歌をうたうようにさーっと読めて、すーっと体の中に入って、中であったかい気持ちになって。もうすごく大好きです、道子先生の文章。勉強になります、そしてとても触発されます。

石牟礼　音を書きたいと思っているんですけどね。

米良　音ですよ。音楽がきこえてくるとですよ。音が立ってくるとですよ、紙面から飛び出して立ってくるんです。

石牟礼　うれしい、そうおっしゃっていただければ。私、一年半前ですがけがをして記憶がまるまるないんです、倒れたときから二カ月半ぐらい。倒れた瞬間までは覚えているんですけど、そのあとは痛かったことも苦しかったことも、全然なんも残ってなくて、思いだせません。そしてどなたが来てくださったのか、どこへ運ばれたのか、どういう手術を受けたのか、まるで思い出せない。それが、ひと様がおっしゃるには、立派に応対をしてたんですって、ずっと。それなのに覚えてないんですよ。そのあと、いくらか人ごこちがついたあとで、最近、考えるんですけど、まだ完全に人ごこちついてない、記憶喪失の期間があるわけでしょう。どうしていたんだろうと思いますけど、ゲンガク四重奏団という、ゲンは幻、幻楽四重奏という、私の専用の楽団がついていましてね。弦楽器の低音のほうから演奏するんです。目が覚めるときとか、眠りに入るときとか、何か思いわずらっているときとか、すぐ鳴るんですよ。このごろずっとそれを考えていますけどね。たとえば細胞が生れる前の元祖があったんじゃないかと、免疫学の多田富雄先生が「元祖遺伝子」という言葉をお使いになったんですけど。「元祖遺伝子」が夢をみる、つまり生命がまだ生れる前の元祖の遺伝子が夢みた世界、それはいまの現世でもあるし、あの世でもあろうし、何か宇宙的な、言葉もふくめて音楽の誕生というのを……、そういうのを演奏している。

米良　そこに道子先生はふれられたというか。

石牟礼　それを背景音楽にして、この世に帰ってきた気がする。

米良　すごい。そういうの、私はなんかわかります。

石牟礼　わかるでしょう。音楽って物語の一番の要素ですよね。

米良　はい。そして音楽というのは、基本的に人間の歴史のなかで、西洋だろうが東洋だろうが、必ず神と交信する。天、宇宙と交信するために使われてきた、本来は神聖なものですよね。それが世俗的にいまはなりましたけど。

石牟礼　そうそう、そういうことなんです、私が感じるのは。

米良　はい、わかります。うーん、素晴らしい。その意味は納得はしていますけれども、私の周りでそれが鳴ったことはまだないので。私もいつかそういう経験ができればいいなと思いますけれども……。

石牟礼　それが大変うれしくて。それでこの俗世のいっさいとひき比べても、そっちのほうが大事。

米良　そこを目ざして私もやってるんですよ、生きちょっとですよ。じゃけど、ほんとにそれはなかなか聞かしてはもらえるもんではないから、やっぱり道子先生はすごい、そこまで到達してらっしゃってすごい。

石牟礼　いやいや、到達してるんじゃなくて。どういう拍子にか、そちらのほうに抱きとられた感じでね。それに意味があるんだと思いましてね。

米良　その世界と感応しあえるものをもっとらん人は、絶対、一生涯そこと感応しあうことはないでしょうから。ご自身がもっておられるから、そういうものと惹かれあうというか、共鳴しあう。

■生命はみな健気

米良　先生、豚ん肉食べていいですか。

石牟礼　これだけは近所の中華料理屋さんにお願いして作ってもらいました。何かよそ様でお願いしたいと思って、これは一度行ったときに大変おいしかったので……。

米良　おいしいですね。

石牟礼　これは三枚肉に何か針のようなので、たぶん目打ちという裁縫道具に使う道具があるんですが、あんなので突き刺して、そして塩をまんべんなく振って、一晩おいて、そうしますと、焼き上げたときに油が均質に行き渡るんですって。

米良　ものすごくいい塩梅に塩加減が、むらがなく広がっている。香ばしさがあって、うーん、おいしいです。この海の幸、山の幸を真心こめて、このようにあつかってこさえられたら、ほんとうに生きものも成仏しますね。命をいただいているわけじゃないですか。食事って、みんな生きものだから。

石牟礼　そうですね。

米良　それを毎日、私たちは食べて、当たり前のようにしてますけど、ほかのものの犠牲のうえに自分の命がつながっていくじゃないですか。神様がよろこばれますよ。こういうふうにあつかってもらったら。

石牟礼　そうですよね、ええ。ほんなこってすよ。一つもむだがない。そして神とか、「元祖遺伝子」が夢みた世界というのは、ある意味の「絶対」だと思って。その「絶対」というものを神とか仏とかで表現した人間というのは、健気だなと思います。

米良　そこが美しいし尊いですね。

石牟礼　生命というのは、みんな健気。人間だけじゃなくて。そしてある種の華やぎをめざして、それが芸術ですよね。

米良　はい、そう思います。私ももっとそうなりたいと思ってですね。しかしまだまだ迷いも多いし、弱気な面や人としてのバランスの悪さとかいろいろありますけど。でも、とにかく歌を与えていただけたのが救いであり、そこからいろんなものを生みだし与えていただいている。私にとってほんとに命そのものが歌だと。

石牟礼　はい、それがないと生きていけないです。

米良　生きていけんです。あまりにつらすぎます、この世は。

＊　＊　＊

石牟礼　これは中華料理屋さんがつけてきなさったトマトです。よくできたトマトです。

米良　あら、しっかりしてる。見た目よりしっかりしてますね。

石牟礼　これは四、五日前に買って、甘くなるように、そこに、お日様のところに干していたんですよ。

米良　わぁ、そうですか、寝かせとったんですか。

石牟礼　この金柑の蜜づけは、四、五年前に作りましたの。

米良　そんな年季が入ってるんですか。

石牟礼　まだたくさんあるんですよ。一粒だけ出していますけど。

米良　ではちょっといただいてみますね。またきれいにしてなさる。おいしい、これ（笑い）。和菓子みたい。これはもう茶席で通用します。

石牟礼　こげんとば作っとが大好きで。ままごと気分ですよ、おとなのままごと。

米良　ままごともここまでくればね。ままごとを超えてますよ。

■地方の言葉のおもしろみ

米良　いまの日本は豊かで、景気が悪いだのなんだのいうとっても、みんなご飯も食べられるし、洋服も着られて。はっきりいって、国民がすべてこんな衣食住に足りる国なんて。

石牟礼　足りるどころか捨ててますよ。

米良　むだにしてますよね。その中でほんとに真心がこもった、こういう料理はなかなかないですよ。真心があるものだったら捨てられないですよ。

石牟礼　捨てられないものを集めて、佃煮にしたのがこれ。昨夜作りました。このごろ、ちりめんじゃこって少ししか袋に入ってない。ひっくり返しておくと、わあっと粉になったのが散りますから。そんなのが三つ四つと底のほうにたまっていくんです。それを全部集めて、そして、ハッと思ったんです。これはお酒のつまみなんかに……、カシューナッツも二つ三つ残っていたんですよ、それをかつおぶしでまぶして醤油をかけてみたらおいしかったので、いっそちゃんと佃煮にしようと思って、全体をゴマ油で炒りました。

米良　だからこの香ばしさも、さらに引き立ってますね。

石牟礼　それで変わったことをしたんですけど、干しぶどうを入れて。

米良　これが意外にうまいですよ。合うとですね。道子先生は冒険家ですね、ふつう、佃煮に干しぶどうを入れようとは思わないじゃないですか。

石牟礼　白いご飯で食べてみたらたいへんおいしかった。ほんとはこれに山椒を入れたいんですけど。山椒がない。米良さん家の奥のほうに山椒なんかいっぱいあるんじゃないですか。

米良　ありますよ。

10

♪「庭の山椒の木　鳴る鈴かけてヨーホイ　鈴の鳴る時ゃ　出ておじゃれヨー」

という宮崎県民謡の「ひえつき節」ですね（拍手）。いまもなお、ながば口に入っとって

ですね、うたうたびにコロンコロン、コロンコロン動くもんですから、もう……。

熊本も「おてもやん」といういい歌があるじゃないですか。

石牟礼　あれはあんまり好きじゃないけど、あれをうたうと非常におかし

みがあって、おもしろいですね。

米良　おもしろいです。しみじみくる歌とかじゃないですけど、おもしろい。

肥後の人のユーモアが伝わってくる。

石牟礼　♪「御亭どんの　ぐじゃっぺだるけん　まぁだ盃ぁせんだった」、

米良　はい、♪「村役　鳶役……」。

石牟礼　「ぐじゃっぺ」って、わかりますか。顔のぐじゃぐじゃした人（笑い）。

米良　不細工ってことですか。

石牟礼　「だご汁《じゅる》（ダンゴ汁）のごたる顔したおなご」って……。

米良　ひどいですね、だれがそげなことというとですか。

石牟礼　方言はいいところもありますけど。

米良　でも、方言でいうとあんまり残酷に聞こえんですね。

石牟礼　聞こえませんね、なんとなくおかしい。

米良　「ブス」っていわれたほうが傷つくけど、「だご汁《じゅる》ごたる」っていわれれば、あんまり傷つかんですね。「だご汁《じゅる》」はうめえもんがいろいろ入ってるじゃないですか。うめとこもあっとじゃて解釈すればですよ。でも、「おてもやん」は宮崎でも焼酎飲む席とかで、必ず歌がでますよ。

石牟礼　おもしろかですもんね。絶対標準語ではいえない、そういう地方の言葉の表現を集めようかと思って、折にふれて書き留めていますけどね。県民性というか、出てくるんですね。

米良　はい、そうですよね。でも、「おてもやん」の中には、宮崎では使わん言葉が出てくる。

♪「熊んどんの　よじょみょんみゃありに　ゆるゆる話もきゃあしゅうたい」とか、パッと聴いて意味わからんですもん。わからんけど、なんかおもしろいんですよ。

石牟礼　おもしろい。「熊んどん」という名前の人は私の村にもいましたもん。

米良　ああそうですか。「熊んどん」ってどこにでもおられるんですか。

石牟礼　どこにでもはいませんけど。週に一回連載を書きますけど、いまは使わない言葉とか、職種がありました。たとえば、「出し五郎さん」とかね。うちは石屋でしたから……。

■石に関わる家業

米良　うちの母ちゃんの実家も石屋です。宮崎の山ん中で、寒川というところで、今はもう廃村になりありませんが。宮崎と熊本の間にまたがる九州山地の山あいの村でした。

石牟礼　それは天草なんかと通行があります。

米良　なんか行き来あったっちゃないですかねぇ。

石牟礼　それで山の上の大岩を切って。切るのもたいへんですからね。朝からうちは鍛冶屋のような、ふいごを父が起こす音で目が覚めていましたけれど。それで鉄で作った鑿《のみ》を研ぐんです、毎朝。

米良　大事な道具ですものね。

石牟礼　はい、その先を尖らせなきゃ、毎日、仕事に行けない。切り出した、あの石垣の一つの形とか、お墓の石塔の形とか、お地蔵さんを彫りだすための石とか切り出すのに。岩ってどこにあるかわかりませんからね。おじいちゃんは石を目利きする人だったそうです。それで、これは橋に使っていいとか。道路を造るのに根石というのがとても大事で、道が崩れないようにするためには石を選ばなきゃならない。その石を里山まで出してくる仕事をする人が牛をいつも連れて。それでストンと落とすとてもあぶないから、こういうふうに大きなジグザグの狭い道を作って。

米良　ゆるく降ろしていく。

石牟礼　橇《そり》を作って、それに乗せて。たくさんは乗せられない、あぶないから。一つか二つ乗せて、持ってくる仕事をする人を「出し五郎さん」といってました。

米良　そげな人をさしていう言葉は、いまはないですもんね。はじめて聞きました。

石牟礼　出し五郎さんがうちに毎日来なさるし、船大工さんが来なさる。石は船で運ばなきゃ運べない。大型トラックもないし起重機（クレーン）もないし。チェーンという鉄でできた鎖で、四人がかりぐらいで天秤を背負って、石を船に乗せて。その天秤棒はふつうと違いまして、ふつうの天秤棒を四、五本ぐらい集めたような、太い、長いものでした。それで前に二人、後ろに二人で担いで。

米良　でも、重かったでしょうね。

石牟礼　はい。それで船に積むときに、用心しないと船の底が石の重みで抜けるんです。船大工さんといえば、ふつうの船造りじゃなくて、そういうこともできなきゃいけない。それで木材も選ばなきゃならない。強度のある材木を探してきて、干したのがいいのか、生木がいいのかっていうことを、夜の焼酎の肴、だれやみ（晩酌）の話題にする。

米良　うちの方もだれやみがなまったんでしょうね。だりやめと言います。おんなじじゃが、まっこつ（本当に、まことに）だりやめ。

石牟礼　だれやみの話題はそういう話ばっかりで。道を造るには、「根石」がいかに大事かって。道が、世のなかをひらいていくんじゃという話をしていましたね。それで、たくさんの人たちが智恵と力をつくして、道路というのを造らんといかんけれども、根石を埋めるところは人には見えん。ここを粗雑にすると、風水害のときにその道は崩れるって。

米良　それが基礎ですね。

石牟礼　それで人は一代、名は末代って……。

米良　はぁー、昔ん人は責任感が強かったんですね。いまと違うとですね。今の人間と比べるとおんなじ日本人と思えんぐらい自分の仕事とか役割に誇りと自覚と責任をもってやってたらしたんですね。

石牟礼　子供のころ、根石ってなんだろうとずっと思ってました。その根石を切ったのを出す仕事が、出し五郎さん。わが家ではとても出し五郎さんを大事にしていました。

■祖父の事業道楽

石牟礼　水俣に湯の児温泉というのがあるんですけど、はじめ、磯辺の、岩のあいだから温泉が沸いていたんですって。その温泉のお湯を、傷んだ船の、使いものにならないのに汲み入れて。

米良　温泉の湯を入れたんですか。

石牟礼　湯を入れて、地拓《じびら》きをしていた土方衆が入って、それを、村の人たちが見て、入りにくるようになられて（笑い）。

米良　船にですか。何とも興味深いですね。

石牟礼　『水俣市史』の中にその写真があった。私の家にはなかったんですけど。どなたが写されたのか、いつ写されたのか、わからない。皆さん、当たり前ですけど、裸ですよね、びっくりしたような顔をして。

米良　ようそういう写真が残っていましたね、誰が撮られたんでしょう？

石牟礼　今度、『熊本日日新聞』に出ましたから、どなたか気がついて、教えてくだされぱいいと思うんですけど。もうそれはほほえましい、そこらの岩の上に着物が脱いであったり、木の枝に着物をひっかけて。当時は着物が多いですからね。昭和の初期。

米良　それは歴史的に貴重ですね。

石牟礼　そして私の祖父は温泉場を拓《ひら》くつもりでしたが、途中で資金が尽きてしまって、祖父の事業は道楽といわれていました。

昭和６年頃の湯の児温泉（水俣市立図書館所蔵）

米良　昔ん人は豪快ですね。

石牟礼　それで採算が取れないものですから、諸道具といって、チェーンとか、トロッコとか、レールとか、スコップとか、ツルハシ、鑿のたたき台にする玄翁とか、そういうのを手続きして持ってきてくださる方にお払いするお金が払えない。一度、ダイナマイト爆破をしたとき、うちに泊まりこみで来ていた石工志望のお兄ちゃんが、逃げ遅れて怪我をしまして。だからダイナマイトも使ってたんですね。兄弟で来ておられて、兄ちゃんが先に来て、弟も呼び寄せて。大怪我をして、担架で運びこまれたのを覚えています。幸い命に別状なくてよくなられましたけど、そういう危険もあったんですね。

米良　やっぱり石を取り出すのにダイナマイトを使わんといかんこともおありでしたでしょう。

石牟礼　あったんでしょうね。ただびっくりして、人のあいだから見てましたけど。それで資金繰りは大変へたくそだったみたいで。道を造るというのは情熱をもってやるんですけど、やりくりが下手で。私にもそれが遺伝してる(笑い)。

米良 だいたい情熱家というのは、情熱だけでつっぱしりますから。私も資金繰りなどは下手の苦手です。好きでいいと思ったものはグーッとやりますけど、そういうのは……上手な能力もった人を雇ってやらんと難しいですね。自分でなんでもかんでもできると思ってもできんから。私自身道具とか、そういう必要なもの欲しいものをバンバン購入したり集めたりする。だからお祖父様の気持ちがよくわかります。

石牟礼 それでね、水俣のあちこちに山を持ってて、山をどんどん売って。それでだれやみの話のなかで、あっちこっちの山を道に食わせたといっていました。で、祖父の姉さまたちが三人おって。一族の末々まで面倒みなきゃならない総領をあんまり大事に育てたもんで、金繰りの道は知りもせんで、事業道楽ばっかり起こして、とうとう持ち山ぜんぶ、道に食わせてしもた。どげんするかと、三人の姉婆さまたちが来ていうて。その婆さまたちの言葉はとてもたおやかでしたけど……。

米良　なんか映画をみてるようですね、お話聞いてると。

石牟礼　それで、祖父は、家では位の高い人ですけど、姉さまたちが来ると、いつも火のついてない長か煙管ばくわえて、噛みよりましたですがね、渋い顔して。

米良　かわいそうな。すごくストレスだったでしょうね、そういわれて。

石牟礼　それで金繰りは山売るほかに知らんでしょう。とうとう山がなくなってしまって。

米良　でも、そうされて道やら橋やら、人々のためにやんなさったんだからたいしたもんです。

石牟礼　水俣に二か所ぐらい、祖父が有志たちと建てたお宮の鳥居が建ってます。で、名前が刻んでありますｓ。だから役に立つこともしたんですね。

米良　でも、そういうおば様方からみたら、それこそ身上を全部そっちにつぎこまれてと思ったんでしょうね。

石牟礼　「一族の面倒をみらにゃならん務めのあるとぞ」って。それで子供心に、あら、爺様よりも三人の姉様たちが偉かとばいなと思いよったです（笑い）。それが、あの頃流行の、胸元を額縁のように縫った、羽織のように着るお被布《ひふ》というんですけどね。それを三人ともお揃いで着て。

米良　あら、ずいぶん本当に上品ですね。なんか「細雪」やら小説の映画の世界のようじゃが。品がいいおば様たちやったけど、キツかこと言いやるとでしょう、お祖父様には。

石牟礼　やんわりいうんです。

米良　やんわりのほうがキツいですよ、もっと。かわいそうに。でもすごいなぁ。

■道のゆかり

石牟礼　でも、どうして水俣にそんな山があったんだろうと思いますよ。天草から出てきて、水俣にいるわけですから。私はそれで道に山を食わせたというと、小さい時ですからね、理屈はわかりません。山ば道に食わせるというのは、道の先端が、こう鎌首もたげて、山を食べよるというイメージを……。

米良　ああすごい、もう芸術的、そういうふうに思いますよね。

石牟礼　それで私の名前は道子ですもん。

米良　やっぱり道を造りよったから、そういう名前つけやったとですかね。

石牟礼　そういうようにいいよりました。

米良　うちの叔父がみちおというんです、道路の道に男と書いて。今の話

を伺って、うちの祖母ちゃんが道男叔父ちゃんを腹に入れとったときに、家ん前の道を造りよったから道男と名付けたと言っとったことを思い出しました。

石牟礼　祖父と父の生きる目標は道を造るということだったんですね。だけど、漢字学の白川静先生によると、古代のまだ文字ができない時代の「道」という字は、隣の村へ行くのに当時はお互いがあぶないかもしれないこともあったでしょう。それで呪術的な意味で、異族の首を持って村の境に立ったという。しんにょうというのはそういうことを意味しているといわれて、がっくりしてね（笑い）。「道」という字の成り立ちは、そんなであったろうと。

米良　道って、ロマンティックな意味合いはないかもしれないけど、すごく凛とした意味合いというか、覚悟とかけじめみたいなものは感じますね。どうにも宿命的ななにかを感じますよね。

石牟礼　何があっても志立てたら行くしかないという……。

米良　なにがなんでも行かんといかん。武士道とか、修験道とか……。道を究めることをいいますね。

2　島と山の血を継いで

■米良一族と西都市

石牟礼　私が一番好きな字は、「天」という字なんですよ。

米良　あぁ、左右対称できれいだ。私も「天」は好きな字ですし、「美」という字も好きです。私の名前が「美」に「一」なので……。

石牟礼　はい、よしかずさん。どこの村でお生まれになったんですか。

米良　宮崎県西都市というところです。西都原古墳群って古墳が三百基ぐらいある、日本で最大の古墳群なんですけど、西都市はすぐ九州山地の入口のところで……。

石牟礼　西都市って昔から西都市っていいましたか、最近でしょう。

米良　昭和三十年ぐらいに合併になって、そん前はいくつかの村に分かれていたようです。私は山ん中のほうの出身なんです。米良という所がもともと父方の先祖のおった所のようで。じつは米良家は熊本の菊池家と姻戚関係があって、殿様だったそうです。米良の庄といいまして、九州山地の、そのまま抜けると熊本のほうやらに行くんですけど、そこの殿様で、徳川時代も税が免除になってたらしいです。そして菊池家と嫁さんをもろたりもらわれたりという関係で、明治維新の時に菊池の姓に名字を変えて、米良の殿様の直系一族は、いま東京に住んで菊池姓になっていらっしゃるそうです。私はそこのわれ残りだと思いますが……（笑い）。もともとは熊本の菊池家と、人吉の相良家と、米良家というのは結ばれているんですって。そげなのがあって、宮崎とはいいますけど、文化的には熊本の方の影響も色濃くあったようです。

石牟礼　うーん。どうも米良一族というのがあんなさるみたいだなとは思っていたんです。

米良　そうなんですよ。でもうちが殿様じゃったとか、身分が高かったとかわからんとですけど、ただもともと熊本の一族と親交があって、九州山地の一帯は独特の文化圏で、というところに歴史のロマンをものすごく感じるとですよ。海辺と全然違いますからね。私は天草はまだ行ったことがないんですよ。でも、道子先生の本を読ませていただくと、天草という所にとても行ってみたくて。今度ちょっと旅行に行ってみようかなと思っています。

石牟礼　そうですね。体がよければご一緒に行きたいけれど。

米良　ご一緒できればなお楽しいですけど。天草は不知火がみえるんですか。

石牟礼　不知火は時期がありましてね。私も一度しかみたことがないんで

すけど、旧の八月の八朔の晩の前後に、それが記録されている。景行天皇が何かのことで九州にみえられて、長崎のほうから海に出て視られたらしい。沖にちらちら灯ったり消えたりする火が見えた。漁船の火にしては妙で、すうっと走ったりしてみえたので、あれは何かと尋ねたけれどもだれも知らない。「知らぬ火」って、名をつけた。

米良　その景行天皇が、九州巡幸をなさっているときに、都を一時期おいてたのが西都なんです。西の都と。そこからたぶん市名をつけたんだと思うんですけど。

石牟礼　あぁそうですか。

米良　それで、日本神話のニニギノミコトとコノハナサクヤヒメが出会って愛しあわれたという場所が私の生まれたところです。そして神武天皇の曾祖父さんにあたるホオリノミコトがお生まれになったといわれている所ですから、私は日本の歴史が大好きで。それで歴史とか郷土のいろいろなしきたりにも子供のころから興味があって。その上子供の時から神楽をみて育ちました。山のなかだから、それこそ高千穂神楽のようなものをずっと……。宮崎の山中にはいくつもの神楽集落がありまして、高千穂や椎葉など、いくつか九州山地のなかで点在しています。道子先生のご本を読んでおりますと、山もありますけど海の幸も出てくるじゃないですか。うちからは海が遠かったので、猪とか鹿とか……魚の刺身やら昔は貴重でしたから当たり前に食べられんかったんです。あとは煮しめやらして、竹ん子やら、わらびやら、ぜんまいやら。だから九州っていうてもほんとに大きくて、豊かでいいなと思って。

■「天草は天領ぞ」

石牟礼 霊台橋《れいだいきょう》ってご存じですか。熊本県ですけど、宮崎の方角にある石の橋ですよ。

米良　一回見に行きました。ガッチリとしてすばらしかったです。

石牟礼　あの石造りの技術はそうとうなもんですよね。うちの父は小学校二年までしか出ていませんでしたけど、よほど何か悔しいことがあったとみえて、「天草、天草ちばかにすんな、天草には霊台橋を造った石工たちが居るとぞ」って。それから「高浜に行けば茶碗を造る泥じゃけども、よか泥のあっとじゃぞ」と。それで「眼鏡橋はロンドンに一つあって、そん次は天草にあっと」といって。ほかにもあると思うんですけどね（笑い）。

米良　天草を愛してらして、一所懸命でかわいかですね。

石牟礼　そして「天草は天領ぞ」って。「天領ちゅうのは幕府直轄の土地じゃ」といって、「それでわしゃあ、天領天草の水呑み百姓の倅でござす」っていって名乗りを上げるんです。何か対決しなきゃならん、ここはキッとして向き合わ

なきゃならないというときは、「白石亀太郎ってどこが悪かが」っていいよりました（笑い）。「幕府の直轄ということがわかるか」と。幕府に直接「天下様に差し上げるお米を作る百姓ぞ」って、「水呑み百姓ばって」って（笑い）。

米良　天草は天領だったんですね。

石牟礼　それで、十二歳のときに庄屋様の所に奉公にいったって。で、その婆様からたいへんかわいがってもろた。それで天下様に差し上げるお米は白木の三宝に白紙ば乗せて、精進潔斎して新しか竹の箸を作って、それで一粒一粒よりだして納めよったって。

米良　へぇー、そんな儀礼的なことをやって分けよったんですか。すてきだけど大変だ。

石牟礼　たいへんな労力ですよ。それで、その米を積んだ行列が通るときは、九州本土のほうは遠かけん天草から船で行くんだそうです。薩摩の殿様は参勤交代されるのに、九州本土のほうは遠かけん天草のほうに来て、こっちの道ば通って行きよられたって。ほんとかどうかわからないですよ。それで天草の百姓たちは、薩摩の殿様よりも位が高い、というのを思わせるために、その薩摩様が通られる道の真ん中に肥え桶ば置いておきよったって（笑い）。下にぃ下にぃていうて来られた、これは天下様の召し上がる米ば作る肥え桶でござすっていって、肥え桶を道の真ん中に置いた。そうするとさすがの薩摩様もよけて通りよらいたって。

米良　ほんとの話ですかね。すごいですね。

石牟礼　まあ民話のようにして残したんでしょうけどね。薩摩様はどげんして通らすとかといって、みんな物陰からみとるわけですね。それで平伏して通れって、肥え桶に。

米良　ユーモアがある話でよかですね。

石牟礼　そんな話をして楽しんでいる。

米良　でも、その話には妙にすじが通っていて納得させられるところがありますよね。だって薩摩は外様ですからね、徳川家からいえば。直轄の天草からすれば、そこを素通りされるのはちょっと……無礼な気持ちに。おれたちは直属ぞって。

石牟礼　そういう話をじつにうれしげにしてました。ここに写真がございますけど、やせっぽちでしょう。最近出てきたんです。

米良　ちょっとひょうきんにもみえますね、凛々しくもみえるけど。そういうことをおっしゃるような……。

石牟礼　うちは栄町という、町がかったチッソのそばから、水俣川の川口に転宅したのですが、その時に高潮に襲われて小さいときの写真類は全部だめになった。これは本のあいだか何かに挟まって残っていた。その後ろに家族写真があるんですけど。

米良　ほんとだ、見せてください。あら、ちょっとうちん父ちゃんにも似

父が古材を集めて手造りで建ててくれた小屋まがいの家の、棟上げの日。左から時計回りに石牟礼弘の父、石牟礼道子、母・はるの、弟•勝己（後ろ）、一人おいて、亡弟•一《はじめ》、石牟礼弘、弟•満、父・亀太郎、息子・道生。

てる。ああ、よか顔なさってる。

石牟礼　よか顔ですねぇ。その父の足元をみてください。黒い足袋の親指に穴ほげとるでしょう。めったなときにしか着なかった。チョッキを着てこれはたいへんおしゃれをしたつもりの写真ですよ。

米良　ああ、ユーモアがあるお顔、なんか愛嬌のある、すっごく人間の重みもあるんだけど、なんか軽さもあって、すてきなお方ですねぇ。いい顔してらっしゃる。道子先生もまたいい笑顔で……。

石牟礼　父は、これがとんでもない音痴でしてね、世界音痴大会というのがあれば、グランプリぐらいの。もうもとの形はどこにもないような音痴で、「ストトトン節」というのを歌っていましたがね。歌いたがるんですよ、音痴のくせに。歌は好きなんです。地獄だか、極楽だかに訪ねていって、「あれは自分では音痴ということがわかっとって歌いよったのか、わからずに、あぎゃんなりよったの」って、聞いてみたいですよ（笑い）。若い人たちがいるから、呑み方のだれやみのあとは歌になりますもの。

米良　うちあたりもそうでしたよ。

石牟礼　そうすると若い人たちが次々に歌うでしょう。みんな、後半になってから「真打は松太郎様（祖父）と亀太郎（父）どんばい」っていうんです。そしてもう笑おうと思って待ちかまえているんです、若い人たちが（笑い）。それでそういう雰囲気になると、私たち子供はもう恥ずかしくて。座布団を探しにいって、とんがってる対角線の、三角形になるのを頭に被って……。

米良　防空頭巾みたいじゃないですか。

石牟礼　そう、防空頭巾みたいに、聞こえないように耳をふさいでいるんですけど、歌いはじめると、人夫さんたちがお腹をかきむしってね。前にお膳が並んでいるのをひっくり返して、這いずりまわって笑ってましたよ。父はにこにこ、とろーとした顔して、平気で歌うんですよ。

米良　ご自分はそうとう気持ちがいいんですよね、歌うって気持ちいいから。

石牟礼　ＮＨＫか何かで音痴大会というのをやってくれないかなと思うんですけど（笑い）。あれほどの音痴であれば、地獄の閻魔様も、「きょうは亀が、みんなを楽しませてくれたから、地獄の釜の蓋を開けようか」ておっしゃるんじゃないかと思います。いや、天使の歌声も得がたいものですけど……。

米良　いやいや、やっぱり歌は上手下手じゃなくて、聞いた人たちがよろこんでくださることがなにより重要です。よろこばせてるのは同じだから、上手下手に意味があるんじゃないから。お父様はすごいね、ひとをそこまでほがらかにさせちゃって。

石牟礼　それがふだんはね、瞬間湯沸器みたいに怒る人だったんです。

米良　九州男児によくあるタイプですね。

石牟礼　しかし、歌をうたうときは別人のようでしたね。

米良　うちへんでは音痴というのを方言で「ねぶか」というんです。「ねぶか」とはいわんですか。

石牟礼　それははじめてうかがいました。

米良　ひとがその歌を聞いて、笑うてくれたり泣いてくれたりするのは、うまい下手じゃなくて、いいことですよねぇ。それだけ場が賑やかになっとですよ。だりやめんときにお通夜のように呑むよりも、わっはわっは笑うて、腹よじって……、いいですねぇ。

■葬式が大好きな子

石牟礼　私、高千穂の神楽、椎葉の神楽、二へんほど行ってます。なんか下界とは違う気風を感じました。山の人たちの気位というか。非常にのびやかな、海辺の人たちとも通じあう。憧れてますよ、神楽を舞われる村々のこと。

米良　私は、そういうのをみて育ったものですから、子供のときから神主さんに憧れてなりたかったんですよ。子供んころから神事を執り行っているところをみたりするのが好きで。神楽のシーズンじゃない時期は、日常で神主さんに会えるのは、お葬式など。昔は、亡くなった方がでた家で村あげて葬式あげよったじゃないですか。そんときに神主さんが来て、祭詞を上げたりするのをみるのが大好きで、葬式ときくと走っていって見よったですよ。どこん家の葬式にでも。小学校に入っても、月曜日が告別式じゃというときは、日曜の夜から熱が出て。葬式に出たいもんじゃから熱が出っとですよ。母ちゃんが学校へ行きなさいっていって行かせるんだけど、どんどん熱が上がって保健室に寝とって。母ちゃんがその集落の葬式の手伝い、煮しめやら白和えやバラ寿司やら作る手伝いに行くじゃないですか。そうすると学校に迎えに来て、連れて帰るんです。家に着くと熱が下がるんです。熱がないから、そんまま一人で置いとくのもなんじゃからといって葬式に連れて行く。

石牟礼　そうとう変った子ですね。

米良　みっちんと張れるぐらい変な子なんです（笑い）。人間が亡くなったときのセレモニーが、私にはものすごく神聖で清らかで清潔で、あの儀式が格好よくみえて。こわいとか、汚らわしいとかは、いっさいなくて。人が死んで最期に送り出されるあの儀式におるのが子供のころから好きでした。

石牟礼　葬式のお行列、いまはなくなりましたのね。あれ、私もそういえば好きでした。

米良　葬式の送り出すところとか、墓まで歩いて、行列で行っとったじゃないですか。きれいやなと思って。たぶん道子先生やったら、その気持をわかっ

5 6 7
12 13 14
19 20 21
26 27 28

てくださるだろうなと思ってですね。

石牟礼　わかりますよ。私も葬式を好きというとちょっとはばかられますけど、好きでした。私のところは、海辺のほうに行きましてから、海に沿ってすすきの長い長い道がありまして。海辺に時どき潮が上がってくるんだけど、葦がずっと生えていまして。「豊葦原の瑞穂の国」というあの言葉がたいへん好きですけど。その葦の原が豊かに延々とつづいている渚のほとりをお葬式が行くのはとても美しいですよ。それで足元には、秋になりますと、小さなラン菊ともいうけど、小さな菊の花々がいっぱい夕陽に照り映える。

米良　それはすでに黄泉の国に通じる道のような感じに見えますね。山んなかで、そういうところはなかったから、憧れるというか、きれいでしょうね。

石牟礼　五色の旗をなびかせて。行列の一番前には子供が行くんです。ご飯を一膳持って、お箸を一本立てて。

米良　ああ、仏飯で。

石牟礼　それを抱えた男の子が、先になって行くんです。女の子じゃなかったですね。そのあとに親族の人とか、旗を持った一群が行きますけれども。そうしますと、周囲の畑にいる人たちが鍬を置いて、お行列に合掌されるんですよ。それでみんな、車はあんまりなかったですけど、自転車も止まって、お行列が通るときみんなが合掌する。そうやってどこのお方かわからないけれども、お葬式の行列となると、皆さんお行列にきょう会ったといって、お話をもって帰るんですけどね。どこのお方じゃったげなって。何か物語が再編成される。その人たちの物語に参加していく。そして人の一生を見送るということが、すぐだれにでもわかる景色でございました。いまはそれがなくなってね。

米良　いまはわかりにくいですね。そういう、人の人にたいする最後の敬意、礼節というか、それをすごく美しく感じますね。あと、家で葬式上げよったから、死んで、たとえば病院なりどっかから帰ってきたときに、からだを家の畳の上にふとん敷いて寝かせ、きれいに拭いてあげて、ヒゲを剃ったり、顔色をよくしてあげる為に化粧をしてあげたり。それから口を湿らせてあげたりと、いろいろする故人への最後の作業をみてた。死体というものがすごく近くにあって、畏怖みたいなものを子供のときに体験できた。人は死んだら冷たくなるとか。そういうのがいまはなくて、全部きれいに業者さんがしてくれて。死体にふれる間もなく納棺されるので、人が死んで冷たくなって固くなるというのを知らない子供がけっこう多いんですね。元気だった人間でもこんなふうになってしまうんだというのを、知らず知らずのうちに、怖いと思いながらも、子供だから好奇心が勝ってしまって。そういう経験がものすごく私にはよかったなと思って。それから人の死とか生き死にに関してものすごく敏感です。

石牟礼　亡くなりましたときは、湯灌をするといいますね。きれいにしてさしあげる。近所隣の人方がみんな集まられて、盥の中に入れて、一なでずつ、所縁のあった子供や孫や、なでますよね。みんなできれいにしてあげて、そしてご近所の人たちは皆さん、合掌しながらみておられる。そういう厳粛なところへ、父のときは役場の人がお出でになりまして。「お隣の竹熊さんが役場においでになって、おじさんが亡くなられたということを知らせてくださいました。ご愁傷様でございました」と挨拶なさって、「ところで、おじさんは何年何月生まれでしょうか」って。「埋葬許可がいるので、それには年月日を役場で書かにゃなりません」と敬虔な態度でお尋ねになったんです。それで私たちははたと困りましてね。昔、私たちの時代は誕生日祝いとかしませんでしたもの。もうみんなしくしく泣きよるわけです。母も「あらぁ」というて、知らなかったんですよ、父の生年月日を。今年は幾つになんなさったということは知っておりましたけど、役場の帳面に書くような正確な生年月日までは知らなかったんですね。それは困ったごたる顔して、お数珠片手に、洗われている父のほうをふっとみて、「なんもかんも、この人が知っとりましたもんなぁ」ち。

米良　お母様がおっしゃるとですか。

石牟礼　はい。そして私たちの顔をぐるっと見回すんだけれども、子供たちも正確な生年月日を知らなかったんです。それでドッと爆笑が起こって、いままで泣きよったのが（笑い）。おかしかったですけどね。

米良　最終的には、どうなさったとですか。

石牟礼　「それは役場に行ってみれば戸籍簿ちゅうとのあるけん」そんなふうにいってくれる人がいて。その役場の人も「ああそぎゃんですな」ち。

米良　役場の人が気づきそうなもんじゃけど。

石牟礼　のんびりしたもんでした（笑い）。

■山の娘であった母

米良　うちの母ちゃんは宮崎の西都市よりももっと奥に、寒川という村があって、椎葉とか高千穂みたいな神楽があるところですが、そこで生まれ育ちました。さきほどいいましたけど、母の実家は石屋をやっとって。その村の中でも、土木工事とかするのに、階段とか、あと、山村ですから石垣を組みますから、石屋さんというのは一目置かれとったみたいです。私は祖父ちゃんは母ちゃんが結婚する前に亡くなっていましたから面識もありません。母ちゃんは十六人きょうだいの下のほうの子だから、私が生まれた時生きていたとしてもかなり高齢でしたでしょう。村人からとても信頼され慕われとったという話は聞いているんですけど。

その祖父ちゃんとすごく厳格な明治女の祖母ちゃんのあいだにできた山の娘が、

地域は違うんですけど、同じ西都市の中の山林業に携わる山師の父ちゃんと結婚したんです。で、私が生まれつき難病を抱えとったもんだから、生れたときに「すぐ死ぬよ、こん子は」といわれとったそうです。母ちゃんは最初は片時も私から離れられんかったんですけど、そのうち医療費がかかるようになってきて。で、母ちゃんが土方（人夫）をするようになって。父ちゃんも、昭和五十年代半ばになってくると輸入材木が安く入ってくるから、山林業ではあんまり給料がもらえんし仕事も減って、それで二人で土方するようになってここまで育ててもらったんです。

うちの母ちゃんは、若いころは焼酎も呑みよったんですよ。いまは全然呑まんとですけど。

石牟礼　いまはお幾つでございますか。

米良　今度七十三になっとですかね。寅年です。私はよくいうんですけど、父ちゃんは色白で細身の合理的な弥生人系で、母ちゃんは色黒で骨太の情が深い縄文人系て思うとですよ。だから若い頃は子供の私から見ても気性が全然合わんとですよ。山芋掘る（口論する、ケンカする）ってわかりますか。

石牟礼　わかります。

米良　焼酎呑んで酔くろて山芋掘って……。

石牟礼　お母さんがですか。

米良　若いころは母ちゃんも負けちょらんかったですよ（笑い）。いまはもうてなわんというか、相手にせんから。母ちゃんはどっちかというと、ほがらかでよくしゃべる。父ちゃんは暗い人ではないけど表現下手で、それこそ「ヤカンたぎり」で、カーッとなったらもう始末がうたん。

石牟礼　「ヤカンたぎり」ていいますか。

米良　瞬間湯沸器のような「ヤカンたぎり」て……。

石牟礼　ヤカンがたぎる、ああ、それはぴったりですね。

米良　私は男ん子だから、どちらかというと女親《おなご》の方がかわいそうというのがあって。山芋掘りが始まったら決まって父ちゃんのほうが憎いとですよ。父ちゃんも母ちゃんも若いころはよう取っ組み合いで犬と猿がするごとやりよったですよ。私は五、六歳ぐらいでした。男親が憎いもんだから、縁側から父ちゃんにばっかり下駄やら靴を投げつけて、母ちゃんをいじめるなていうて、やりよったから。それだけやっぱり女親がかわいそうだったんでしょうね、男ん子だから。

私が障害をもって生まれたことが原因で、両親の中の報われない思いやツラさが、焼酎の力をかりて、山芋掘らせとったんでしょうね。今はそんなことは無かったかのように、穏やかに二人で畑してますがね（笑い）。

うちの母ちゃんは歌が好きで、父ちゃんも好きで、民謡やら詩吟やらをようういたいよって。それの影響で子供のころ、民謡を私もちょっと習うて。私がうたうのが母ちゃんの一番のよろこびでした。私の生まれつきの難病は骨の病気なもんですから、骨ばっかり折って、ギブスをしてても、敬老会だ、集落の呑み会だというたら、必ず行ってうたっていました。

3　文の道・歌の道

■幼い頃からの歌との縁

石牟礼　うたいよりなさいましたか、小さいときから。

米良　はい、三歳ぐらいから「岸壁の母」という歌が得意で。父ちゃんから杖を棒切れで作ってもらって、岸壁で杖をついて子供の帰りを待っている年寄りの様子をしながら、

♪「母は来ました　きょうも来た

あれから十年、あの子はどうしているじゃろう」っていって、杖を持ってやるとですよ。地元のじいちゃん、ばあちゃんが涙流して。当時はトイレットペーパーなんかない、ボットン便所で、汲み取り便所の脇に積み上げられとったちり紙があったじゃないですか。それをみんな年寄りの人たちは四つ折にして、ポケットティシューがないから袂に入れて。

石牟礼　泣こうばいと思うて。

米良　はい。それを出して涙を拭こうと思うた人もおられたかもしれんけど。多い人は千円札、五百円札、少ない人は二百円とか三百円、おひねりにしてくださるんですよ。うたっているとそれが飛んでくるとですよ。そうすると、硬貨である二百円や三百円は当たると痛いけど、お札は当たっても痛くないから、これは高いお金だとか思ったり、ま、それは冗談ですけど（笑い）。するとやっぱり親

END US

はうれしそうで、肉体労働の安い賃金で、ケガばっかりしよるから病院に銭ばっかりかかって。そうしとったから、うれしそうにおひねりをありがたくもらっとった姿が目に焼きついて。それで私は歌をうたえば父ちゃん母ちゃんをよろこばしてやれるとじゃと思うて。とくに母ちゃんにたいして。「お前ん家はたたられちょるから、そげな子ができたっちゃ」とか、「先祖が悪いことしたからそげなからだが弱い子が生まれたっちゃ」ておっしゃる世間様が、私が歌をうたうと「ああ、米良さんとこのよしちゃんは、歌がうまい子がでけたなぁ、どしたらそげな子が生まれたっちゃろうか」て、うらやましがるとです。それが子供ながらにうれしくて。私が歌をうたえば人がこんなに大事にしてくれるというか、世の中に受け入れてもらえると思うて、それで歌をうたいだしたんです。

石牟礼　どんなふうにして、うたう人になんなさったろうかって、ずっと思っておりました。お目にかかったら、それば聞こうばいと思って。

米良　さっき道子先生がおっしゃったように、だりやめ呑んだら必ず歌が人々の口々から出とったでしょう、天草やら水俣でも。宮崎も同じですよ。昔は娯楽がないから。仕事の日ごろの疲れとかストレスとか解消するために焼酎やら呑んで、それから先の仕事の相談やら日常の話をしながらしとったら、そんあとは歌やら踊りをするしかなかったんでしょうね。そういう風土の中でしたから影響を沢山受けて歌うことが自然なものになったんでしょうね。やっぱり、周りの大人がみんなよう歌はうたいよったですよ。

■歌いたい母と娘

石牟礼　どこで習ったのか「江差追分」をうたう祖父の声が記憶にあります。のびやかな、さびさびとした声でね。うたうとみんなしーんとなって、涙こぼさんばかりになる。その後、ラジオで「江差追分」らしき節を聞くんですけど、祖父のようにうたえる人はまだ聞いたことないです。それであなたにうたってもらえないかしらと思って。

米良　あら、「江差追分」はむずかしい歌ですよ。

石牟礼　「追分」というのは、いろいろあるみたいですね。祖父の歌が本当の元歌なのか。みんなしみじみ、はるかなはるかなところへ連れて行かれるような気持ちで聞いておりましたけれど。

米良　哀愁がある歌ですよ、あれは。

石牟礼　なんともいえない、もう焼きついています。祖父が死んだあと二度と聞いたことがない。それで期待するんですよ。道を歩きながら「追分」がラジオから流れてきたりすると、立ち止まって聞いているんですけど、祖父のようにはうたいなさいません。どこで習うたんでしょうか。島原へよく行っておりましたから、島原というのは行き来がありましてね、船で。長崎とか。あの北前船のあたりと交流があったんだろうと思いますよ。

米良　さっき、宮崎の「ひえつき節」を道子先生いっしょにうたうてくださったじゃないですか。音程はばっちりだし声に張りがあるし、ものすごくいい声をなさってるんですよ。才能というのは隔世遺伝するらしいですよ。だから祖父ちゃん祖母ちゃんからのが孫に出るんですって。

石牟礼　私、歌い手さんになりたかったんです。

米良　ですよね。ものすごいうまいもん。ほんと、お世辞ぬきに。あらぁと思ったんです。いっしょに声を合わせて「ひえつき節」をいま歌うて。道子先生は歌はよくうたわれるんですか。

石牟礼　一人になったときは、時どきうたいますね。

米良　お母様はどうでした、ハルノさん。

石牟礼　母もうたいたい人でね。娘義太夫になりたかったたって。小さな声でうたってましたよ。母の若いときは筑前琵琶と娘義太夫が流行ってて、母はどちらかになりたかった。どちらも好きで。そして高野山に女人禁制のお寺があるでしょう。そこにお父さんは出家して高野山に行かれるけれども、奥様はそのお寺の山門をくぐることができない。で、石堂丸という息子をお父さんのところにやるという一種の哀話ですけれど。母は関東大震災の時に御殿場の紡績工場に行ってたんですけど、そこに女工さんの中でものすごく声のいい娘さんがいた。その娘さんが仕事の終わりがけ、お昼休みの前になると「月に叢雲《むらくも》、花に風」ってその歌をうたいなさるのを、みんな楽しみにしていた。それが終わるとお昼までの仕事が終わるというふうになっていたんですって。おおらかな時代だと思うけど。それがその日は、「月に叢雲《むらくも》、花に風」ってまでうたったところへグラグラッと地震がきた。それを寝物語に話して聞かせて、うたってました。♪「月に叢雲《むらくも》、花に風」って。

米良　あぁ、いい声（拍手）。若々しい歌声ですね。

石牟礼　私はそれだけしか……、母もそこまでしかうたわなかったから。早く震災の話もしたかったんです。そしてその娘さんは母の目の前で、目からも鼻からも口からもシャーッと血が流れて亡くなられたって。レンガで造った工場だったんだそうです。それでレンガというのは地震にはとても脆い、どんなにお金持になっても絶対レンガでだけは家を造るな、言い置きするっていってました。それで東京に私が用事があって行くといえば、「御殿場のそばは通るかい」っていいますから、「通るごだる」っていうと、「震災に遭った時に、御殿場の人たちからそれはようしてもろた」と。

米良　そのご恩がお母様には残ってらして。

石牟礼　それで「御殿場に行ったならば、よろしゅう申し上げてくれ」ていいよりましたよ。

米良　まぁ、昔の日本人、先輩方は本当に律儀なんですね。お母様も。いい話じゃ、忘れやらんとですね、そん時のことを。

石牟礼　とても親切にしていただいたそうですよ。私、御殿場にはとうとう行かなかった。行けなかったんです。

米良　じゃ、私が今度代わりに御殿場に行って、御殿場に手を合わせてお礼に、拝んでおきますよ、先生の名代で。

石牟礼　ありがとうございます。

■母をテーマに――文学と音楽

米良　私の場合、じつは九年間しか両親といっしょに住んでないんですよ。

私は難病の為普通の学校へ入学できず、ずっと施設に預けられて、六歳から親元を離れて病気をかかえた子供たちと生活を共にして育ちました。十八の年に音楽を志し上京しましたから、「故郷と親は遠きにありて思うもの」という言葉が私にはしっくりきまして。離れとるからこそより親にたいする恋慕というか。道子先生が「母が恋しい」ってご本に書かれているのをみたときに、なんか深く共感しました。もうお母様は違う世界に行ってらっしゃるでしょうが先生の中には想い出と共に生きていらっしゃる。私の母はまだ元気でおりますが、それでも離れて暮していますと、ふとした拍子に母ちゃんはこれ好きやったとか、これは母ちゃん上手に作っとった、母ちゃんの味に似とるとか、思い出します。うちの親は都会に出るのが億劫なもんですからね、もう宮崎を出たがらん。こういう芸能の仕事をするために東京に住んでいると、会う機会もそんなにないです。母親をテーマにした歌をうたうときに、私にはいま大切に歌わせていただいている曲があるんで

す。美輪明宏さんが四十年ほど前につくられた「ヨイトマケの唄」という……。

石牟礼　あれはたいへん好きな歌です。

米良　「ヨイトマケの唄」を全国でうたわせて戴いておりまして、うたうときに、ファーッと母との思い出が甦ります。あんまりいっしょにおらんかったからこそ、なんとなしに親と距離があって、すごくいい思い出ばかりが多いという面もあるのかもしれません。するとその思い出の中に自分の理想の母がいて、逆にいえば、たぶんずっとべったりおったら、現実的にいっしょにおることで不満に思ったり、親子げんかしたりもあったでしょう。それはそれでよかったかもしれんけど、それは今回の人生では私に与えられているものじゃなかったもんだから。母とのあいだのイメージが広がって、歌にすごくそれがいい感じで影響を与えている気がします。幼い頃の生い立ちみたいなものが、音楽でも、道子先生が書かれるような作品でも、そういうものにはすごく乗っかるもんではないかと思います。

私はあのご本を読ませていただいたとき、先生と同世代でも、同じ時代に生きてきたわけでもないからもしかしたら全然わかるはずはないのに、お母様とみっちんのあの世界にただただ引き込まれて。自分がみっちんと同じ村の同級生だったと錯覚するくらい近しい思いで読ませていただけたんです。それはたぶん、道子先生とお母様のあいだの想いというか、愛情というか……母ちゃんと私とのあいだのそれとがとても似た感じのところがあるからだと思って。言葉にうまく出来ませんが同じようなものを感じたんです。

石牟礼　私は一種のショックで。あなたは当然、私よりうんとお若くていらっしゃいますけど、なんの違和感もない。あなたのお書きになった言葉が着物を着たような感じで、どっちが着物だかわかりませんけれど、大変親近感を。脈拍が、呼吸が合うという気がしました。あら不思議、こういう人がいてくださったんだと思って。いらしていただくのも息子が帰ってくるような気持です。それで何を食べてお育ちになったかな、宮崎のどうも山のほうらしい。それで材料も一つ一つ考えて。

米良　この豚ん肉も猪のごたありました（笑い）。シシんごとありましたよ。

石牟礼　そうですか、あぁよかった。それでよろこんでいただいたので、とってもうれしいです。

米良　ありがとうございます。私はなんであんな文章が書けたかというと、もとがあるから書けたんです。もとから受けたものがあまりに自分にとって自然体だったからスラーッと書けて。私はそんな器用ではないので、スラスラ出てこんのですけど。あのときは、道子先生へのラブレターのようになってしもて、感受性を刺激されて、すなおに書けたんです。合わんものを一生懸命合わせようとしたら、どっかに無理が出てくるじゃないですか。そういうのが一切なくて。

石牟礼　ありがとうございます。母がこのことを知れば、どんなによろこぶでしょうか。

米良　お母様のハルノさんに会うた気になってますから、あれ読んで。あそこに登場する人物たちは会うたこともないのに、私はそれこそお遍路さんとかにも会うたような気持ちで。これを読んでると、ほんと映像が浮ぶとですよ。すごいなぁと思て。どんな高名な先生が書かれたものだとしても、そこまで集中することはできないぐらい、一所懸命に読むことだけで終わってしまう本が多いんですけど、これは読んでるうちに文字から離れて映像になるんです。だからこれは音楽と同じだなと。素晴らしい音楽って歌詞を考えたり、理屈を並べたりして聴いたりする必要はないでしょう。最初はいろいろ余計なことを考えるかもしれんけど、そのうちに音楽にただ身を委ねるだけでしょう。そういうご本なんですね。

石牟礼　こういうふうに感じていただく読者の声というのははじめてうかがいました。ありがたいことですねぇ。生きていたかいがあったと思います。

米良　これからまだまだがんばって学び生きていかなきゃいけないから、私にとって先生がお書きになるご本に感じられる、いきいきとした感性や確かな信条を受けますと、すごく励みになります。こういう年の重ね方がしたいという、あこがれの生き方をなさっているお顔です。きょう出会えてよかったです。

石牟礼　ありがとうございます。

■未発表詩群の出現

藤原　石牟礼さんの詩を今度ぜひうたってほしい。

米良　ぜひお願いいたします。

藤原　曲もつけて。石牟礼さんのすばらしい詩がいっぱいあるんだ。

石牟礼　もう長いあいだ、皆様にお手紙のお返事も書けないでおりました

10 11 12
17 18 19
25 26
田代クリ
END US

から。一枚書いて、刷って、皆様にお手紙をさしあげようと思って書いた詩が。これは何年か前に描いた墨絵です。

米良　絵も美しい。すごい、これも。

石牟礼　まだ本にしてない詩がたくさん出てきまして。これはお手紙にするのに短くてちょうどいいんじゃないかと思って。これが「黒髪」という……。

「三千世界のそのまた外の／昼とも夜ともわからぬ業の／闇の底なる雪ふりに／糸繰り出して／とんとんからり　とんとんからり／してその繰り出す糸とかや／前世の黒髪とりつむぎ／なんの錦か織りあがる／錦かつづれか知らねども／この世の無常ぞ織りあがる／とんとん　からから」

米良　すごい、先生。いいですね。うたいたい、これ。こんなすてきな詩。

石牟礼　短くてうたいやすいでしょうね。わかっていただければありがたい。読んでいただければありがたい。まだ未発表の詩がどんどん出てきています。

忘れとったですね、自分で（笑い）。

米良　お宝がどれだけ眠っていますかね（笑い）。すごいですよ、道子先生。私の大好きなワードがちりばめられているすてきな詩です。「業」とか「前世」とか「闇」とか気になることばがいっぱい入っとっとですよ。私が頼んでわざわざ書いてもらったみたい。「この世の無常」とか、響きます。

石牟礼　ありがとうございます。あなたが最初の読者。

米良　もうすでに詩から音楽が聴えてくるようですから、これを破壊しないで作曲してくださる方に書いて戴きたいですね。これが道子先生の音楽だもの。また味のある文字をお書きになるんですね（笑い）。

石牟礼　いまは字が書けなくなってます。一番元気のいいときの文字はもっと伸び伸びしてます。パーキンソンで文字が書けなくなって、そこへ精一杯お薬を飲んで……。

米良　ぬくもりのあるすてきな文字です。

石牟礼　はじめてひと様に読んでもらった。

米良　こんな貴重なご縁を戴き、私は歴史的な瞬間を味わっています……。

石牟礼　いや、皆さん、私の周囲の人からは、「米良さん、すごい。石牟礼さんは、あんなすごい人とお知り合いですか」っていわれて……。

米良　私もいわれましたよ。福岡のエッセイストの滝悦子さんに話したら、「え、石牟礼道子先生と会うとって、すごかね。失礼のなかごとちゃんと話ばきいてこんといかんよ」っていって大変喜んで背中を押してくださいました。そして、「仏様のようにやさしか先生やけん」って。

石牟礼　仏様のように……、夜叉ですよ。夜叉が棲んでる。

米良　先生、それ、私もいつもいってること。私は夜叉というか、悪魔がおると、私の中に。

石牟礼　死後は夜叉です。

米良　じゃあ、そこも合うとですね（笑い）。聖女と夜叉が同時におられないと、こういう文は出てきません。こういう本も書けんと思います。

■刈干切唄・ゴンドラの唄・ふるさと

石牟礼　私は宮崎の民謡といわれている「刈干切唄」が好きなんです。

米良　ほんとですか。でも、上手にうたえんかもしれませんけど。

石牟礼　それは元歌と、そうじゃないのと……。

米良　はい、元歌「正調刈干」と、一般に出回ってる「刈干」。元歌をうたいますね、「正調刈干」を。

♪「ここの山の刈干しゃすんだよー　明日はたんぼで稲かろかよー」（拍手）

いまくっつけて、ふつうのと元歌をうたいました。

石牟礼　そうでしたね。はぁ—。ほんとうの「刈干切唄」を現地の人の声できたいと思っておりました、長年。願望がお陰さまで、きょう、報いられました。それと「江差追分」をうたって……。

米良　今度会うときまでに稽古してきます。知ってはいますがうとうたことがないですもん。

石牟礼　松太郎の声はほんとにいい声でした。寂さびとして伸びのある声でうたいました。

米良　よかでしょうね。じゃあ、ちがうのにしようかな。先生はどういうのがお好きなの。

石牟礼　ふつうの小学唱歌。童謡唱歌とか、女学生がうたうような……。

米良　♪「いのち短し　恋せよ乙女

朱き唇　褪せぬ間に
熱き血潮の　冷えぬ間に
明日の月日は　ないものを

いのち短し　恋せよ乙女
黒髪の色　褪せぬ間に
心のほのお　消えぬ間に
今日はふたたび　来ぬものを」

「ゴンドラの唄」という歌です（拍手）。

石牟礼　それ大好きです。時どきうたいます。

米良　先生もいっしょにうたってくれればよかったのに。

石牟礼　あんまりいい声だから。がらがら声でまとわりつかないようにと

思ってうたわなかった。

米良　いやいや、いいんですよ。何かいっしょにうたいますか。童謡唱歌かなにか……。

石牟礼　「故郷《ふるさと》」というのをうたうと、涙がいつも出てうたえない。

米良　「故郷」をうたいましょうよ。（石牟礼さんといっしょにうたう）

♪「兎追ひし　かの山　小鮒《こぶな》釣りし　かの川
夢は今も　めぐりて　忘れがたき　故郷《ふるさと》

如何《いか》にいます　父母　恙《つつが》なしや　友がき
雨に風に　つけても　思ひ出づる　故郷《ふるさと》

志を　はたして　いつの日にか　帰らん

山は青き　故郷《ふるさと》　水は清き　故郷《ふるさと》」（拍手）

石牟礼　天使の声と合唱させていただいてありがとうございます。

米良　先生とうたえてうれしい。先生、歌、お上手ですよ。流れがいい、文章と同じで。

石牟礼　このごろ声が出なくなりました。

米良　声はちぃっとは若いときと比べて出らんようになるのは当たり前ですて、先生。

石牟礼　そうですね。

米良　出るほうです、もっと出らん人いっぱいおるもん。時どきおひとりでうたっていらっしゃるだけあって、肺が鍛えられてるから。息もバッチリ。もっと続かないですよ、ふつう。

石牟礼　息、続かなくなりました。

米良　昔はもっと続いとったんでしょうが……贅沢です（笑い）。

石牟礼　きれいな声ですね。どういう喉になっているんでしょう。喉だけじゃありませんよね、魂が。

米良　いやぁ、どうですかねぇ。でも、こうやってすばらしいご縁に生かされて、また魂が成長させていただけるから、また歌が上達できると信じています。

石牟礼　歌が上手になりたい。

米良　先生の歌、お上手ですよ。私ももっと歌上手になりたいと思っています。そのためには性根や人柄がよくならんと。なんぼ声がきれいで歌が上手でも人の心を打つとは限りません。要は中身なんです、魂、精神。音楽ってすべて裸で出るんですよ。人柄が全部出る、おそろしいことに。声って人格が全部出るように思います。だから荒れた生活はしたらいかんし、ひとを裏切ったり、ひとを泣かせたり、ひとを踏み台にするようなことをしたら、神様は助けてくれんごとなるから、うまくできてますよ。

石牟礼　声とか歌、文章もだけど、品格が必要ですね。品格というのはわざわざつくろうと思って出るもんじゃありません。それがしかし、品格だけじゃだめで、歌というものにならなきゃならない。

米良　だからものすごくやることが多くて。ひとつだけを極めてもだめで、ある程度、人間としての素養プラスそういう感性も磨かんといかんし。そのためには本を読んで。本ていうのは、作家の先生が書いているようで、実はこれは全部、天からのメッセージを降ろされて書かれたものだと、私に教えてくださった方がおられます。だから文筆家というのは媒介なんです。シャーマンのような。歌い手もそうです。正しい歌手になれば、「我の歌を聴け」ではなくて、天からのものを自分の口を通して伝える、巫女のようなもんで。だから私は、この言葉は神様からの恵みだと思って本を読ませていただく。そういう言葉や文章を降ろされる物書きの先生は、ほんとに尊敬するし、たいへんなお仕事だと思います。正しく音楽を伝えようとする人と、まったく違わない、同じことだなと思ってます。

石牟礼　私もそう思いますね。あなたという方を知ってから、とてもそれを自覚するようになりました。

米良　先生は前からわかっておられるから、こんなすてきな文章を書かれる。これが天からの正しいエネルギーを含んだメッセージだから、私はこの解説という名のファンレターが書けたんです。感応する、感じあうというのはとても大事ですよね。

石牟礼　世の中で感じあうものがなんにもなくなると、もう死んだも同じですねぇ。

■芋がらの漬け物と金柑煮

石牟礼　お母様はいま、どういう……。

米良　故郷におって、父とふたりで畑を丹誠こめてやってます。さまざまな野菜を作りまして、親戚やらお知り合いの方々に配ったり東京の我家に送ってくれたりして。先生、切干大根、うちの親が作ったのを送ります（笑い）。すぐ母ちゃんに電話したら、喜んで送ってれますから。うちの父ちゃん母ちゃんが作るのは「イカん手」というて、ゲソのような形で干すとですよ。だからちょっと太いとですけど、煮て食べますと、とってもおいしいです。

石牟礼　私も作りよります。あれはダシをよく考えてすると、おいしいですねぇ。きょうはしたかったけど、大根がなかった。

米良　きょうは竹ん子となばがあってよかったですよ。

石牟礼　なばちゅうのはなつかしかですね（笑い）。

米良　普通は「しいたけ」と標準語的に言いますからね……。なばと言わんとリアル感がありません。うちの親はだいたい自給自足で食うてます。「芋がら」ていうて……。

石牟礼　芋がらの漬物のあったつば、出すとば忘れとった。

米良　芋がらがこれまた大好物なんですよ。みそ汁に入れたり、刺身のつまに薄くスライスして……。ここ辺は生じゃ食わんとですか。

石牟礼　いや、酢の物にしてましたが……。

米良　酢の物はうちもします。芋がらはみそ汁も入れやらんですか？

石牟礼　入れよりました。

米良　刺身んつまとしては食べんですか。薄く切って……、おいしいですよ、生で食うとシャキシャキとして。

石牟礼　これはいただき物ですけど。

米良　あらまたこれはかわいらしか芋がらですね。味がいい。甘酸っぱくておいしい。芋がらの漬け物ははじめて食いました。

石牟礼　金柑も食べてください。

米良　よかですか。遠慮しとったんですよ、ガツガツいくといかんかなと思って（笑い）。したら二つばかりもろて食べますね。うん、もっと喉がよくなる。私もこれまでの人生いろんな人の金柑を煮たのを食うてきましたけど、これはほんとにおいしい。これはお茶事の席に出してもいいような。きれいで上品に煮られたんですね。

石牟礼　山のほうには金柑はよく成《な》りますか。

米良　金柑はよう成《な》りよったですよ。

■幻覚と現実と

石牟礼　私の本は藤原さんが一生懸命作ってくださるんですけど、売れんだろうなと思って……。私には水俣のイメージがひっついておりますから。まさしく水俣に生きているわけですけれど。……共感はしていただくんですけど、水俣のこと考えるのはおっくうだという気持ちがおありになると思うんです。

米良　若い方々にぜひ先生のご本を読んでいただきたいと思います。私のコンサートもだいたい四十代から上の女性が多いんですけど、映画「もののけ姫」の主題歌を歌わせていただきましたから、その影響でお子さんもいらしてくださいますが。どこかでこういうぬくもりとか郷愁にすごくあこがれている若い方々もいらっしゃると思いますから。私の本とかCDとかのところで、いっしょに先

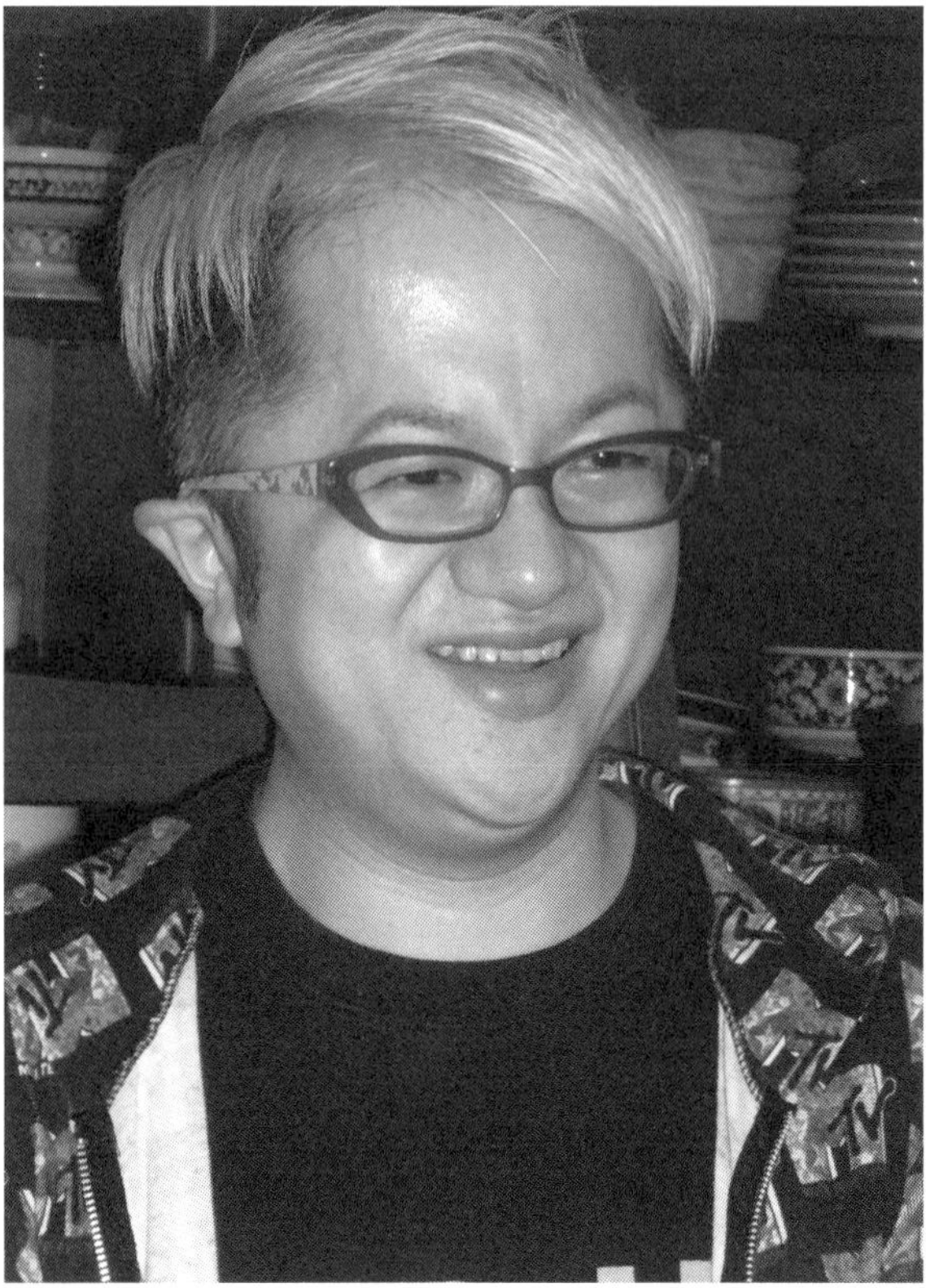

生の本を置かせてもらえたらいいなと思って……。

石牟礼　とてもありがたいです。

米良　そして私が石牟礼道子先生のご本に解説を書かせていただけたことを、誇らしく、ちょっとだけ自慢したい気がするとですよ。

石牟礼　私は、いま残っている仕事を早く整理してしまわなきゃいけないですね。いま未発表の詩や歌や、五十枚ぐらいの長いのも出てきました。「宝探しのようだ」とおっしゃって手伝っていただいている渡辺京二さんがいて下さいますけど。もうゴミのようなのがたくさんあるんです。渡辺さんがおられないと、私はどこに何があるのかわからないのですね。ここにいて、ちゃんと文章を書くんだよということを、時どき覚醒しないと。幻覚の中にいつもいるんです。

米良　幻覚の中にいることは決して悪いことでは無いと思います。行ったり来たりできたらいいなと憧れますよ。

石牟礼　ずっこけてばかりいるんですよ、現実の中に来たら。もう、魂がいつもあちこち行方不明になっていて、現実が崩壊する。

米良　それでよかとじゃないですか。現実の中でピシャッと常識的にやれると、今度は物が書けんようになったり、歌がうたえんようになる。違う世界だもの。そういう方がいらっしゃって、助けていただけばよかですよ。

石牟礼　番をしてらっしゃる。あなたはまちがっているって。

＊＊＊

石牟礼　しかし、米良さんは、めずらしく肌がおきれいですね。

米良　いいもんばっかり食うてるから（笑い）。道子先生もぷりぷりしてらっしゃる、お若いですね。ご本にお生まれの西暦が載ってて、勝手に計算してしまいましたが……ホントにお若い。

石牟礼　幼稚なんですよ。

米良　違いますよ。いわば永遠の童女ですね。ずっと青春。現実の中であんまりモサモサしないから。

石牟礼　現実の中では何をしてるのか全然わかりません。

米良　うらやましい。尊敬します。私もそういうように生活したい。ものを生み出す人はみんなそういう生きかたや暮しを理想としているのかもしれませんね。いまの時代、あまり現実的になりすぎだから、いいものが出てこんのじゃないですか。

石牟礼　そうですね。

■天草の夢の中へ

石牟礼　今年（二〇一〇年）は常になく果物を食べました。喉が乾いて乾いて。

はじめてでした。この暑さもはじめてでしたし。もう今年は夏を越えたら、すぐ死ぬんじゃないかと思っていました。

米良 今年は本当に厳しい夏でした。でも、道子先生はばっちり元気ピンピンで、よかったです。

石牟礼 あなたのお陰です（笑い）。あなたに会うために、ゴールまで……。

米良 まだゴールじゃないですからね（笑い）。ゴールは果てしなく先ですから。いろいろ教えてくださいね、これから。後進を育てていただきたい。

石牟礼 語り合いたいですね。

米良 教えてくださいというと、ちょっと道子先生も責任が重たいかもしれんから、いろいろ語ってくださいね。いろんな昔のご経験とか、話をして。

石牟礼 昔のことだったら少しは。いまのことは何も知りませんものね。

米良 いまのことは関係ないから大丈夫ですよ。

石牟礼　なるべくいまは、意識してあまり外の世界にふれないようにしようと思って。

米良　無理なさらずにゆったりしとってください。

石牟礼　そう思いますね。

米良　私も最近できるだけ夢の世界に生きるようにしてますもん。先生のご本を読むと夢の中に、ほんとに天草におるような気持ちになって。時代を越えて、山々をいくつも越えて。いまの時代に生きる私が想う、理想のぬくもりと絆と人のつながりがある世界がそこに見えるから。よか九州が書かれている。

石牟礼　ここの中に描いた人たち、母親たちがあなたのお言葉をきいたら、どんなにしみじみとなることでしょう。

米良　声がきこえてきます。皆さんの笑い声が。おなごん人たちが割烹着を着て、みんなでおさんどんしている様子に、自分がそこにおるような感じですもんね。なますの酢が喉にむせたりするのもその件を読んどるだけで大量の唾が出てきます。私は子供んころから酸いのが大好きですもん。なますは全部、残った酢まで飲んでしまう。うちの母ちゃんが身体が柔らかくなるから酢は飲まにゃいかんといつも言ってましたから、飲むくせがすっかりつきました。

石牟礼　今度は何かなます料理を。

米良　うわあ、嬉しい、楽しみにしております。道子先生のなますをぜひ食べにきますね。切干大根は送りますから食うてください。またよせていただきます。道子先生にお会いできる日まで、楽しみにしていますから。

石牟礼　私も。ほんとうに楽しみにしております。

米良　じゃあ、がんばって私は「江差追分」を練習して……。

石牟礼　お願いします、「江差追分」。

米良　はい、先生どうかお元気で。

III

迦陵頻伽《かりょうびんが》の声

石牟礼道子
米良美一

石牟礼道子先生とのご縁

米良美一

■解説を依頼されて

皆さん、本日（二〇一一年二月九日）はご縁を頂戴しまして、まことにありがとうございます。今日は石牟礼先生は残念ながらこの会場にお出でになられなかったんですが、この前昨年一〇月にお会いしたときに、こうおっしゃっていました（本書第Ⅱ部の対談）。「わたしは半分現実に生きているけれど、半分は空想に生きているのよ、いつも」と。半分夢をみてるような状態で毎日すごしていらっしゃる。本物のアーティストはけっこうそうだと思います。だから文章が書けたり、いい歌がうたえたり、いい演技ができたり、いい絵が描けたりするんだと思うのです。私はまだ夢の世界にはあまりいっておりません。けっこう現実的すぎるので、そろそろ夢の世界に半分は入りたいなと思っております。

それでは一曲目に、石牟礼道子先生の書かれる文章の世界にも、たぶんに香り高く匂っている昭和の雰囲気の歌をきいていただきたいと思います。「**心の窓にともし灯を**」という、横井弘先生作詞、中田喜直先生作曲のやさしい曲です。それではおききください。

〔歌「**心の窓にともし灯を**」横井弘作詞／中田喜直作曲〕

音楽会にお見えになるお客様とはなんだか雰囲気がまた違って、いちだんとアカデミックな香りのする方ばかりで、なんだか私、ちょっと緊張してしまいます（笑い）。石牟礼道子先生とご縁をいただいたのは、藤原書店の社長さんが私に白羽の矢を立ててくださったからです。石牟礼先生の「詩文コレクション」にぜひ解説を書いていただけないでしょうかと、お話をいただきました。「母」というテーマですから米良さんにきっとぴったりだと思う、ということだったんでしょう。

ところがです。白状しますと、私、これまでの人生をふり返ると、けっして文学少年ではなかったんです。いまも文学青年とはとてもいえないぐらい。じつは本を読むと三行ぐらい読んだら眠くなるという体質をもっておりまして。子供のころ、本を読め本を読めと親や先生方が勧めてくださる本も、なかなかからだに入ってこない。じっと本を読んで思索を深めるよりは、人前に出て派手に自分のエゴをアピールすることのほうがどうやら好きだったみたいです。現在もその名残りで、このように華やかな着物を着て人前に出ますと大変心弾むんです。そんな私が、今回のこの「詩文コレクション」の解説をと。これは解説とはとてもいえない、いわば先生のご本を読ませていただいた感想文か、はたまた道子先生へのファンレターという具合のものを書かせていただいたわけです。

残念ながら、私、それまで一度も石牟礼先生の作品を読んだことがなかったんです。今回はじめて「母」というテーマで集められた、これまでの先生の作品を読ませていただきました。読む前は、はっきりいってちょっと私には荷が重過ぎると。そのような文学界の大先生の、まして解説なんて書けるほど私は文章が長けているわけでもないし。ちょっと人間的にも……、その時点でですよ、いまは人格的にも少しは向上したと思うんですけれども（笑い）。ちょっとどうかなって思って、お断りしたほうが恥をさらさないでいいかなと思っていたんです。

ところがです。読みはじめたら、まぁおもしろい、おもしろい。なんていうんでしょう、読んでいてわくわくするんです。なぜかというと、私が生まれ育った同じ九州ではありますが、太平洋側の宮崎県とはちょっとばかりお国訛りが違うけど、まぁ似とる似とる。ああ、先生って一体お歳は何ぼね。そう思ってプロフィールの西暦を見てみますと、あら、ずいぶん私よりも先輩だけど、なんか似とるところが多いなと思いながら……。そしたらぐいぐい惹きこまれてしまいました。そのなかに道子先生が子供だったころのエピソードなんかがでてくると、子供の頃石牟礼先生はみっちんと呼ばれていたらしいんです。それでみっちんと同窓生になったような気持ちになって。食べるもんも似てるし、みてた風景も似てるし。私はものすごくシンパシーを感じてしまって、ぐいぐい先生の世界に惹きこまれました。

そしてまず驚いたのが、文章が歌のごたると思ったんです。まるで音楽のようだと。流れるような旋律で読み手を飽きさせない。『苦海浄土』とか、もっとむずかしい、重いテーマをあつかっていらっしゃる先生というイメージがあったので、ちょっと読むことを憚っていたのですが。そうしたら、そうじゃなくて、温かくて、せつなくて、いとおしくなって。会うたこともないけれども、なんか道子先生に会ったような気持ちになりました。それが私がはじめて石牟礼文学にふれた、最初の扉を開けたところでした。

■石牟礼先生に会いに熊本へ

それから、藤原社長のお計らいで、ご本人の石牟礼先生に会いに熊本まで行ってきました。熊本まで行ってきたというと、皆さん、えらいな、東京から旅費かけて行ったんだと思われるかも知れませんが、いえいえ違います。ちょうど長崎のコンサートがあったので熊本まで足をのばして寄らせていただいたんです、お家に。そしたら、わぁ、お会いできてよかった、と本当に思いました。というのは、お会いしてみたらまさしく、ドウジョですよ、ドジョウじゃないですよ、童女。童のような方でした。それで心がきれいで……。「わたしは目もだめだし、足も悪いから」とおっしゃるんですけれど、まとっていらっしゃるエネルギーがきれいで。ぼくもこういう年齢の重ね方ができたらいいなと思うような、あこがれの人にいまやなりました。

その先生から、「どうぞ米良さん、わたしのことを先生といわんでください」って。「じゃあ、なんて呼んだらよかとですか、先生」っていったら、「みちこさんていうて」っておっしゃるんですよ。失礼ですが、可愛いらしかでしょう。それでそういわれても、やっぱり「道子さん」とは呼べんものですから。でも先生に会うたときには、やっぱり先生にもいつまでも若々しくいてほしいから。そうだな、みんなが先生、先生といわれるんだったら、ぼくだけでも「道子さん」って呼ぼうかなと思って、「道子さん」と何度も練習してるところで。今日会うたら「道子さん」といわんといかんなと思ったら、今日はお見えになってないということで、ちょっとがっかりなんです。

たぶん、人間って、本当に感性豊かな生き方をして、きれいな心を保つように自分と向き合っている人は、きっと年を取れば取るほど本物の天使になっていくんだな。生まれたばかりも天使だけれど、途中でどんどんいろんな経験をすると、「ザ・人間」になりますよね（笑い）。でも、そこのなかでいろんなことを学んで、人様から教えていただき自分と対話したり、ひとのふりもいろいろみながら、自分だけと対話してるのはだめですけれど、ひとと向き合ってちゃんと生きている人は、もしかしたら石牟礼先生のように最後は天使になって。いずれ先生も不老長寿じゃないですから、いつまでもお元気とは限りませんけれども、いつか旅立たれるときも天使のように。そして先生が残される作品は永劫に残るわけで、私

たちにその文章から教えてくださることも多いんだろうなと思って。あぁ、すてきだな、そのように私も生きたいなと。でも、まだ石牟礼先生と出会ったばかりですから、もうすこしお元気でいていただきたい、これから私もいろいろなことを石牟礼先生に学ばせていただきたいなと思っているところです。

今日はその童女のような石牟礼先生を思って、曲を選ばせていただきました。童謡、唱歌の中から私が感じております、石牟礼先生を思わせる曲をきいてください。

まず一曲目「**ゆりかごの歌**」。これは北原白秋先生の詩です。そして次にうたいます歌は「**サッちゃん**」。本当は「みっちゃん」とうたいたいんですけれど、勝手に歌詞を変えると、作詞なさった先生に悪いですから、今日は「さっちゃん」とうたいますが、皆さんには「みっちゃん」という気持ちできいていただければ……。

そしてその次は「ぞうさん」。石牟礼先生はお母さんが大好きやから、ぼくもそうですけれど、皆さんもそうですね。「そうよ、母さんも長いのよ」、「だれが好きなの」、「あのね、母さんが好きなのよ」という歌です。これは團伊玖磨先生とまどみちお先生の作品です。

その次にきいていただくのが「雪」、これは文部省唱歌です。昨日ちょっと東京は雪が降りました。またこれから降るらしいですけれど。今年は寒いけれど雪は降らんなと思っておりましたが、とうとう降りました。どうぞ皆さん、雪が降ったときには転ばないように気をつけていただいて。私は九州者で、雪に慣れてないからけっこう転びやすい。私の場合、転ぶと大変なことになるので、気をつけていきたいと思います。お互いに何があるかわかりませんから、気をつけましょうね。それでは四曲、続けておききください。

〔歌「ゆりかごの歌」北原白秋作詞／草川信作曲〕
〔歌「サッちゃん」阪田寛夫作詞／大中恩作曲〕
〔歌「ぞうさん」まど・みちお作詞／團伊玖磨作曲〕
〔歌「雪」作詞／作曲不詳〕

■言霊をお伝えできる歌手になりたい

いろいろ表現に工夫してるでしょ（笑い）。皆さんにどうしたら伝わるかなと思ってね。だって伝わらなきゃ意味がないですものね。だったら家で一人で鏡みて、自分に酔ってうたっていればいいんですよ。だけどそうはいきません。お役目を頂戴して、こうやって道子先生が一生懸命おろしながら文章を、おろしって大根おろしじゃないですよ（笑い）、天から書くべきことをおろされて文章になさっているのと同じで、私もいまよりももっといいエネルギーをおろせるような、そういうシャーマン的な歌手になりたいと思っていますけれど。なかなか、まだまだ自己満足な部分もありまして。煩悩が人より多いから、歌手という仕事をさせていただいているのかもしれません。実は私は常々小さいころから神社の神主さんになりたかったんです。いまは祝詞を上げる代わりに歌をうたわせていただいて、皆さんによき言霊をお伝えできる、よりそういう歌い手になりたいと、最近強く思うようになりました。

だから、これからの私をぜひ楽しみにしていただけるように活動していきたいと思っております。いまから十三、四年前にうたわせていただきました、おそらくこの曲で皆さんに存在を知っていただいたと思います。世界的にも評価の高いアニメーション映画監督、宮崎駿監督の作品、映画「もののけ姫」から、今日は

そのテーマ曲、久石譲さんが作曲なさいました「アシタカ𦻙記」、そして、私がうたわせていただきました主題歌「もののけ姫」、これは宮崎駿監督作詞、そして同じく久石譲さんの作曲です。それでは二曲続けておききください。〈拍手〉

〈ピアノ演奏「アシタカ𦻙記」久石譲作曲〉
〈歌「もののけ姫」宮崎駿作詞／久石譲作曲〉

ありがとうございました。それではつづいて「四季の歌」。芹洋子さんがうたわれて大ヒットしました曲です。この曲は、荒木とよひさ先生の作詞／作曲による作品です。大先輩の歌手の方がうたわれた歌を、「四季の歌」をはじめ昭和の名曲を、私、コンサートで最近よくうたわせていただいております。私の持ち歌で、私がヒットさせた曲ではないのにうたわせていただいて、ひと様から拍手をいただくのはちょっと心苦しいところもあるんですけれども、やっぱり次の時代にうたいつぎたいという思いがあります。私もうたいつぐ一人になりたいという思いです。人の絆が薄くなっていると感じざるをえないような時代ですけれども、そういうときこそ、昭和三十年代とか四十年代とか、そういうまだ貧しい部分もあったかもしれないけれども、みんなが努力をすれば報われるという目標や目的をもって、希望をもっていた時代、そういうころの歌をうたわせていただくことが、私の最近のよろこびなんです。おつきあいいただければと思います、「四季の歌」。

〈歌「**四季の歌**」荒木とよひさ作詞／作曲〉

ありがとうございました。それでは一応最後の曲になります。（笑い）すいません。

一応いっておかないと拍手がとまっちゃうと困りますからね。これはやっぱり九州の長崎ご出身の美輪明宏さんがいまから四十年ほど前に、ご自身で作詞／作曲なさって大切にうたってこられた歌です。美輪さんご自身も心傷つく思いをずいぶんと若いころになさった、そういうふうにうかがっております。石牟礼先生もそうですし、私もそうですけれども。私の場合は、とくに身の上に痛みや苦しみがなかったら、今よりもっと人様の苦しみや痛みまでたぶんわからない、そういう鈍感な部分もあって、これでよかったんだなと。すべて神様が考えられることにむだは一つもないんだなと実感して思えるようになったのは、この「**ヨイトマケの唄**」との出会いからです。私がどうしても気持ちよく高い声を出せなくなっていた時期があるんです。歌うことが苦しみと恐怖以外の何ものでもなかった。そのときに一人の人生の師と出会って、その先生が「ヨイトマケの唄」を教えすすめてくださったのがきっかけで、この歌をうたわせていただくようになりました。もちろん、美輪さんにもご許可をお願いしましたら、快くよろこんでくださって。約六年ぐらいうたわせていただいているんです。この曲も多くの素晴らしいアーティストの方にうたわれております。

■人との出会いの大切さ

人生はさまざまな出会いがあります。諸先生方にいまも教えを請いながら、本当に偉大な導きによって少しはまともにこうやって皆さんにお話をきいていただいたり、歌をきいていただくような人間に成長できました。そういう師との出会いを大事にしてると、皆さんとの出会いがすべて尊く大事に思えてきまして、そしてまた皆さんが自分にとって教師なんだということがわかってきました。皆さんから教えられて、人は私の鏡であり、本当にだれもむだな人間はいなくて、み

んな、本当に人様によって生かされているという思いがずいぶんとわかってきたときに、またうたうという意味も変わってきたような気がします。おそらくそういうことを、石牟礼先生はたくさん人生のなかで考えてこられたから、あのように愛情深く、慈悲深く、けれども強さのある、パンチのきいた文章が書けるんだなと思います。私もそのような音楽が将来できるようにがんばりたいと思います。それではきいてください、「ヨイトマケの唄」。

〔歌「**ヨイトマケの唄**」美輪明宏作詞／作曲〕

どうもありがとうございました。最後に皆さんの温かい拍手にお応えして、一曲だけアンコールをうたわせてください、よろしくお願いいたします。（拍手）

これは沖縄の喜納昌吉さんが東京オリンピックのころに作られた歌なんですっ

て。東京オリンピックの開会式の行進の様子を見て、世界中の人が東京に集まって、肌の色や髪の色も違う、目の色も違うのに、みんながうれしそうに手をふりながら誇りももって、それぞれの国が行進している姿をみてできた曲だそうです。いまの時代も争いの絶えない部分もありますけれども、そこから学んで成長していけば、すべてがむだではないと信じて、祈り、願いつづければ、きっとこのあと、いい時代が訪れる。いい時代が来るためにいま苦しい。産みの苦しみ。産みの苦しみの前に膿出しもしなきゃいけないから、いろんなことがあります。でもそのあとはすっきりして、きれいになって前へ進めるんだと思います。私たち人間はこのままで終わるはずはありません。きっといい時代になるんでしょう。

蓮の花は泥の水の中から、汚い水の中からしか咲かないそうです。けれどもそこから栄養をたっぷり吸って、あのように水の上に出たときには大輪で美しい花を、仏様の台座にも使われるぐらい清浄な花を咲かせます。私たちもたくさんの失敗や過ちを栄養にして、失敗したからにはむだにしないで、それを栄養にして花を咲かせて、この世に極楽浄土を築く。きっと石牟礼先生もそういう思いで、というか、実際にそうおっしゃっていました。そこが私と石牟礼先生が世代の壁を越えて惹かれあうというか、私が先生を尊敬しているところなんです。すべての経験を生かして昇華していきたいという「花〜すべての人の心に花を〜」。（拍手）

〈歌「花〜すべての人の心に花を〜」喜納昌吉作詞／作曲〉

どうも皆様、ありがとうございました。それでは石牟礼道子先生、そして藤原書店、ならびに米良美一のこと、今後ともどうぞよろしくお願いいたします。お元気で、またどこかでお会いしましょう。ありがとうございました。

（「石牟礼道子の世界 *Part3*・天湖」、二〇一一・二・九　東京・新橋内幸町ホールで）

迦陵頻伽《かりょうびんが》の声

石牟礼道子

苦労人である。初々しい見かけの人なのに、とても三十代後半とは思えない人生の見方。芸術家といえば、世間とはまるで無縁の人を思い浮かべるけれども、この人は人生の達人のような哲学を持っていた。

生まれついての難病で、ご両親は余程に苦労をされたらしい。九州山地の殿様の血筋でありながら、ご両親は土方人夫をしてこの類まれな少年を育てられたと聴く。土方人夫といえばわたしの家も同じである。

その妙なる歌を真近にききながら思っていた。原初の頃、生類たち、つまり草の祖《おや》たちが夢みていた美なるものには、自ずから定まった色というものがあったに違いない。野山には、苔の花の類から山芍薬の類に至るまで、千草百草の花たちが四季折々、全霊をこめて咲いていただろう。その歌を声にすれば、迦陵頻《かりょうびん》伽《が》の声になるのではないか。

わずか三歳の男の子が、「岸壁の母」を歌って、年寄りたちが涙を流し、おひねりの「お花」を投げてよこした、という感動的な情景に、わたしも立ち会いたかった。いたいけな子がどんな声で歌ったのか、年寄りたちが泣いたと言うから余程に深い魂の声であったろう。

後年、治療不可能と思えるほどの難病にかかる運命を背負いながら、あの世とこの世を行き来する魂が、人間の運命をけなげに歌いきってみせるその情景は、一幅の聖画である。長じて今、目の前にいる現実の米良さんは声だけでなく、肌のきれいな青年だった。宮崎弁を話す時のこの人は、実に親しみ深い。

九州弁の中でも、そのイントネーションといい、言い回しといい、私は昔から宮崎弁が大好きである。お祖父様が石屋さんである、というのも、我が家が石屋であったので、特に親しみを感じてしまった。

米良さんの声は、カウンターテナーと呼ばれているが、一メートルぐらい目の前で歌う米良さんを見ながら、仏教説話でいう迦陵頻伽《かりょうびんが》の声ではないかと思っていた。上半身は仏、下半身は鳥で、この世のものとは思えない声だそうだ。じかに話を聞いていて、西洋の天使よりも、迦陵頻伽《かりょうびんが》と言い直したほうが、私にはしっくりする。

この世にない声といえば、私はつい最近まで、じつに玄妙な「生命の秘境」で演奏されている「幻楽四重奏」なるものに癒されていた。

一昨年の夏、仕事場の板張りの床にぶっ倒れてからというもの、記憶がなくなり、熊大病院に運ばれたことも、大手術を受けたことも、たくさんの方々にお見舞いをいただいたこともまるで記憶にない。お見舞いをいただいた方々には、それなりに対応していたそうだけれども、まるで思い出せないのはなんとけげんなことだろう。

そんな状態の中で「幻楽四重奏」というのがきこえ始めたのは不思議だった。ゲンガクのゲンは幻の字である。眠りに入るときとか、目覚めるときとか、夢の中で、その四重奏は演奏され続けていた。二カ月半くらいの間だったろうか。

私は床にぶっ倒れたとたん、千尋の谷に墜落していく自分を意識したけれども、その時、左の足首のアキレス腱のあたりから蝶のようなものが一羽、左の方角へふわふわと飛んでいくのを幻視していた。その蝶は、原初の森の渚に生えているアコウの下枝にとまって、潮の中から木にのぼる巻貝たちと一緒に並び、羽をふわりふわりとさせていた。そこでは海風が森全体を演奏しているのだった。

さまざまな草の祖《おや》たちも演奏に加わっていた。こういう話を誰にしたらわかってもらえるかしら、と思いながら、目の前で歌っている米良さんに聞いてもらった。人間の最初の肉声だけでなしに、細胞たちの、あるいは「元祖遺伝子」たちの歌う声と、海から来る風が、樹々の梢を空いっぱいにうちふるわせているのである。つまり、かの時代から現代までの変遷を海風が演奏するのである。

沖縄方面では蝶のことを人間の魂《まぶり》と見なして「あやはびら」ともいうそうだけれども、思い出したことがある。

与那国島に行ったとき、高さ三尺もなさそうな山の上で、生命の秘境の、そこから先は往ってはならぬ異界とでもいうように、古代緑と言ったらよいか、琥珀色の小さな蝶の大集団が、突然眼前いっぱい、緞帳のように広がって、身じろぎながら空中に漂い、私を取り囲んだことがある。「幻楽四重奏」が私をその蝶の群れの中に連れ込んだらしかった。
森の梢の葉っぱたちが、海から来る風に演奏される中を通って、私はこの世に帰ってきたのだとおもう。なんのために帰ってきたのかと今も思っていたら、今度の東北の大震災である。あらためて、人間とは何かというテーマを与えられたような気がしている。その意味を米良さんとまた語り合いたい。

（二〇一一年五月三十一日）

石牟礼道子

Ishimure Michiko

作家。一九二七年、熊本県天草郡に生まれる。

一九六九年『苦海浄土——わが水俣病』は、文明の病としての水俣病を鎮魂の文学として描き出す。一九七三年マグサイサイ賞受賞。一九九三年『十六夜橋』で紫式部文学賞受賞。二〇〇一年度朝日賞受賞。『はにかみの国——石牟礼道子全詩集』で二〇〇二年度芸術選奨・文部科学大臣賞受賞。二〇〇二年七月、自作の新作能「不知火」が東京で初上演、二〇〇四年八月には水俣の百間埋立護岸で奉納公演が行われた。

現在、『石牟礼道子全集・不知火』（全一七巻・別巻1、二〇〇四年〜）が藤原書店より刊行中。

米良美一

Mera Yoshikazu

歌手。一九七一年、宮崎県西都市に生まれる。

映画「もののけ姫」の主題歌を歌って一世を風靡し、その類まれな美声と音楽性で欧米でも高く評価されている。

一九九四年洗足学園音楽大学卒業。第八回古楽コンクール最高位受賞。同年、バッハ・コレギウム・ジャパン定期公演の教会カンタータでデビュー。一九九五年第六回奏楽堂日本歌曲コンクール第三位入賞。一九九六年よりオランダ政府給費留学生としてアムステルダム音楽院に留学。

第一二回日本ゴールドディスク大賞、第二一回日本アカデミー賞協会特別賞として主題歌賞をそれぞれ受賞。

母《はは》

2011年6月30日　初版第1刷発行 ©

著　者　石牟礼道子
　　　　米良美一

発行者　藤原良雄

発行所　株式会社 藤原書店

〒162-0041　東京都新宿区早稲田鶴巻町523
電　話　03（5272）0301
FAX　03（5272）0450
振　替　00160－4－17013
info@fujiwara-shoten.co.jp

印刷・製本　中央精版印刷

落丁本・乱丁本はお取替えいたします
定価はカバーに表示してあります

Printed in Japan
ISBN978-4-89434-810-3

❸ **苦海浄土** 第３部 天の魚　関連エッセイ・対談・インタビュー
「苦海浄土」三部作の完結！　解説・加藤登紀子
608 頁　**6500 円**　◇978-4-89434-384-9（第 1 回配本／ 2004 年 4 月刊）

❹ **椿の海の記** ほか　エッセイ 1969-1970　解説・金石範
592 頁　**6500 円**　◇978-4-89434-424-2（第 4 回配本／ 2004 年 11 月刊）

❺ **西南役伝説** ほか　エッセイ 1971-1972　解説・佐野眞一
544 頁　**6500 円**　◇978-4-89434-405-1（第 3 回配本／ 2004 年 9 月刊）

❻ **常世の樹・あやはべるの島へ** ほか　エッセイ 1973-1974
解説・今福龍太
608 頁　**8500 円**　◇978-4-89434-550-8（第 11 回配本／ 2006 年 12 月刊）

❼ **あやとりの記** ほか　エッセイ 1975　解説・鶴見俊輔
576 頁　**8500 円**　◇978-4-89434-440-2（第 6 回配本／ 2005 年 3 月刊）

❽ **おえん遊行** ほか　エッセイ 1976-1978　解説・赤坂憲雄
528 頁　**8500 円**　◇978-4-89434-432-7（第 5 回配本／ 2005 年 1 月刊）

❾ **十六夜橋** ほか　エッセイ 1979-1980　解説・志村ふくみ
576 頁　**8500 円**　◇978-4-89434-515-7（第 10 回配本／ 2006 年 5 月刊）

❿ **食べごしらえ おままごと** ほか　エッセイ 1981-1987
解説・永六輔
640 頁　**8500 円**　◇978-4-89434-496-9（第 9 回配本／ 2006 年 1 月刊）

⓫ **水はみどろの宮** ほか　エッセイ 1988-1993　解説・伊藤比呂美
672 頁　**8500 円**　◇978-4-89434-469-3（第 8 回配本／ 2005 年 8 月刊）

⓬ **天　湖** ほか　エッセイ 1994　解説・町田康
520 頁　**8500 円**　◇978-4-89434-450-1（第 7 回配本／ 2005 年 5 月刊）

⓭ **春の城** ほか　解説・河瀨直美
784 頁　**8500 円**　◇978-4-89434-584-3（第 12 回配本／ 2007 年 10 月刊）

⓮ **短篇小説・批評**　エッセイ 1995　解説・三砂ちづる
608 頁　**8500 円**　◇978-4-89434-659-8（第 13 回配本／ 2008 年 11 月刊）

15 **全詩歌句集**　エッセイ 1996-1998　（次回配本）解説・水原紫苑

16 **新作能と古謡**　エッセイ 1999-　解説・未定

17 **詩人・高群逸枝**　解説・臼井隆一郎

別巻 **自　伝**　〔附〕著作リスト、著者年譜

＊白抜き数字は既刊

〝鎮魂〟の文学の誕生

「石牟礼道子全集・不知火」プレ企画

不知火《しらぬひ》

（石牟礼道子のコスモロジー）

石牟礼道子・渡辺京二
大岡信・イリイチほか

インタビュー、新作能、童話、エッセイの他、石牟礼文学のエッセンスと、気鋭の作家らによる石牟礼論を集成し、近代日本文学史上、初めて民衆の日常的・神話的世界の美しさを描いた詩人の全体像に迫る。

菊大並製　二六四頁　二二〇〇円
（二〇〇四年二月刊）
◇978-4-89434-358-0

ことばの奥深く潜む魂から“近代”を鋭く抉る、鎮魂の文学

石牟礼道子全集
不知火

（全17巻・別巻一）

Ａ５上製貼函入布クロス装　各巻口絵２頁

表紙デザイン・**志村ふくみ**　各巻に解説・月報を付す

〈推　薦〉**五木寛之／大岡信／河合隼雄／金石範／志村ふくみ／白川静／瀬戸内寂聴／多田富雄／筑紫哲也／鶴見和子**（五十音順・敬称略）

◎本全集の特徴

■『苦海浄土』を始めとする著者の全作品を年代順に収録。従来の単行本に、未収録の新聞・雑誌等に発表された小品・エッセイ・インタヴュー・対談まで、原則的に年代順に網羅。

■人間国宝の染織家・志村ふくみ氏の表紙デザインによる、美麗なる豪華愛蔵本。

■各巻の「解説」に、その巻にもっともふさわしい方による文章を掲載。

■各巻の月報に、その巻の収録作品執筆時期の著者をよく知るゆかりの人々の追想ないしは著者の人柄をよく知る方々のエッセイを掲載。

■別巻に、著者の年譜、著者リストを付す。

本全集を読んで下さる方々に　　石牟礼道子

わたしの親の出てきた里は、昔、流人の島でした。

生きてふたたび故郷へ帰れなかった罪人たちや、行きだおれの人たちを、この島の人たちは大切にしていた形跡があります。名前を名のるのもはばかって生を終えたのでしょうか、墓は塚の形のままで草にうずもれ、墓碑銘はありません。

こういう無縁塚のことを、村の人もわたしの父母も、ひどくつつしむ様子をして、『人さまの墓』と呼んでおりました。

「人さま」とは思いのこもった言い方だと思います。

「どこから来られ申さいたかわからん、人さまの墓じゃけん、心をいれて拝み申せ」とふた親は言っていました。そう言われると子ども心に、蓬の花のしずもる坂のあたりがおごそかでもあり、悲しみが漂っているようでもあり、ひょっとして自分は、「人さま」の血すじではないかと思ったりしたものです。

いくつもの顔が思い浮かぶ無縁墓を拝んでいると、そう遠くない渚から、まるで永遠のように、静かな波の音が聞こえるのでした。かの波の音のような文章が書ければと願っています。

---

❶ 初期作品集　　解説・金時鐘

664頁　**6500円**　◇978-4-89434-394-8（第２回配本／2004年７月刊）

❷ 苦海浄土　第１部 苦海浄土　第２部 神々の村　　解説・池澤夏樹

624頁　**6500円**　◇978-4-89434-383-2（第１回配本／2004年４月刊）

免疫学者の詩魂

多田富雄全詩集 歌占（うたうら）

多田富雄

重い障害を負った夜、私の叫びは詩になった―― 江藤淳、安藤元雄らと作を競った学生時代以後、免疫学の最前線で研究に邁進するなかで、幾度となく去来した詩作の軌跡と、脳梗塞で倒れて後、さらに豊かに湧き出して、声を失った生の支えとなってきた最新の作品までを網羅した初の詩集。

A5上製　一七六頁　二八〇〇円
（二〇〇四年五月刊）
◇978-4-89434-389-4

能の現代的意味とは何か

能の見える風景

多田富雄

脳梗塞で倒れてのちも、車椅子で能楽堂に通い、能の現代性を問い続ける一方、新作能作者として、『一石仙人』『望恨歌』『原爆忌』『長崎の聖母』など、能という手法でなければ描けない、筆舌に尽くせぬ惨禍を作品化する。作り手と観客の両面から能の現場にたつ著者が、なぜ今こそ能が必要とされるのかを説く。

写真多数
B6変上製　一九二頁　二二〇〇円
（二〇〇七年四月刊）
◇978-4-89434-566-9

渾身の往復書簡

言魂（ことだま）

石牟礼道子・多田富雄

免疫学の世界的権威として、生命の本質に迫る仕事の最前線にいた最中、脳梗塞に倒れ、右半身麻痺と構音障害・嚥下障害を背負った多田富雄。水俣の地に踏みとどまりつつ執筆を続け、この世の根源にある苦しみの彼方にほのかな明かりを見つめる石牟礼道子。生命、魂、芸術をめぐって、二人が初めて交わした往復書簡。『環』誌大好評連載。

B6変上製　二一六頁　二二〇〇円
（二〇〇八年六月刊）
◇978-4-89434-632-1

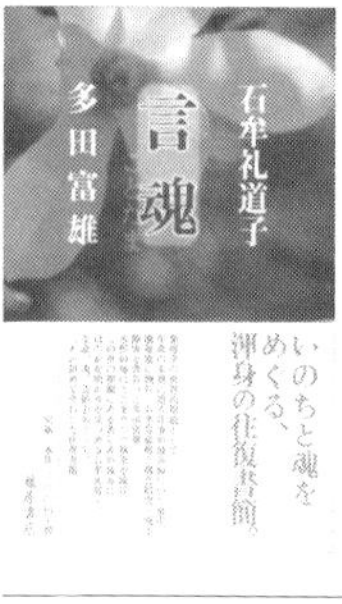

白洲没十年に書下ろした能

花供養

白洲正子
多田富雄
笠井賢一編

白洲正子が「最後の友達」と呼んだ免疫学者・多田富雄。没後十年に多田が書下ろした新作能「花供養」に込められた想いとは？ 二人の稀有の友情がにじみ出る対談・随筆に加え、作者と演出家とのぎりぎりの緊張の中での制作プロセスをドキュメントし、白洲正子の生涯を支えた「能」という芸術の深奥に迫る。

カラー口絵四頁
A5変上製　二四八頁　二八〇〇円
（二〇〇九年一二月刊）
◇978-4-89434-719-9

「加害の女」として生きる

岡部伊都子（1923-2008）

　伝統や美術、自然、歴史などにこまやかな視線を注ぎながら、戦争や差別、環境、社会問題を鋭く追及する岡部伊都子の姿勢は、文筆活動を開始してから終生変わることはなかった。兄と婚約者を戦争へと追いやったという「加害の女」としての自覚は、数々の随筆のなかで繰り返し強調され、その力強い主張の原点となっていた。

鶴見俊輔氏　おむすびから平和へ、その観察と思索のあとを、随筆集大成をとおして見わたすことができる。

水上　勉氏　一本一本縒った糸を、染め師が糸に吸わせる呼吸のような音の世界である。それを再現される天才というしかない、力のみなぎった文章である。

落合恵子氏　深い許容　と　熱い闘争……／ひとりのうちにすっぽりとおさめて／岡部伊都子さんは　立っている

ともに歩んできた品への慈しみ

思いこもる品々

岡部伊都子

「どんどん戦争が悪化して、美しいものが何も彼も泥いろに変えられていった時、彼との婚約を美しい朱机で記念したかったのでしょう」（岡部伊都子）。父の優しさに触れた「鋏」、仕事に欠かせない「くずかご」、冬の温もり「火鉢」……等々、身の廻りの品を一つ一つ魂をこめて語る。**【口絵】カラー・モノクロ写真／イラスト九〇枚収録。**

Ａ５変上製　一九二頁　**二八〇〇円**
（二〇〇〇年一一月刊）
◇978-4-89434-210-1

微妙な色のあわいに届く視線

京色のなかで

岡部伊都子

「微妙の、寂寥の、静けさの色とでも申しましょうか。この『色といえるのかどうか』とおぼつかないほどの抑えた色こそ、まさに『京色』なんです」……微妙な色のあわいに目が届き、みごとに書きわけることのできる数少ない文章家の、四季の着物、食べ物、寺院、書物などにふれた珠玉の文章を収める。

四六上製　二四〇頁　**一八〇〇円**
（二〇〇一年三月刊）
◇978-4-89434-226-2

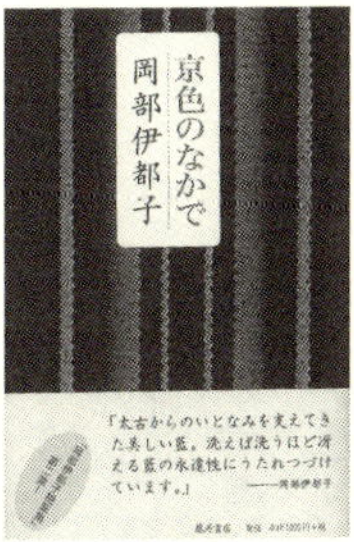

弱者の目線で

弱いから折れないのさ

岡部伊都子

「女として見下されてきた私は、男を見下す不幸からも解放されたい。人権として、自由として、個の存在を大切にしたい」（岡部伊都子）。四十年近くハンセン病元患者を支援してきた著者が、真の「人間性の解放」を弱者の目線で訴える。

題字・題詞・画＝星野富弘

四六上製　二五六頁　二四〇〇円
（二〇〇一年七月刊）
◇978-4-89434-243-9

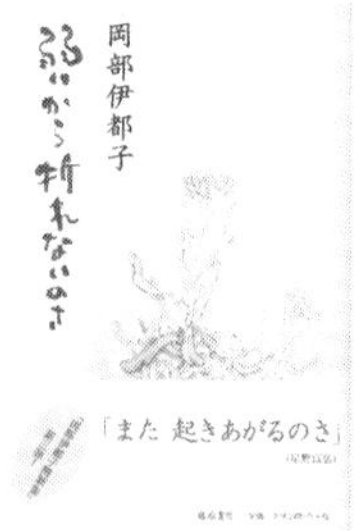

賀茂川の辺から世界へ

賀茂川日記

岡部伊都子

「人間は、誰しも自分に感動を与えられる瞬間を求めて、いのちを味わわせてもらっているような気がいたします」（岡部伊都子）。京都・賀茂川の辺から、筑豊炭坑の強制労働、婚約者の戦死した沖縄……を想い綴られた連載「賀茂川日記」の他、「こころに響く」十二の文章への思いを綴る連載を収録。

A5変上製　二三二頁　二〇〇〇円
（二〇〇二年一月刊）
◇978-4-89434-268-2

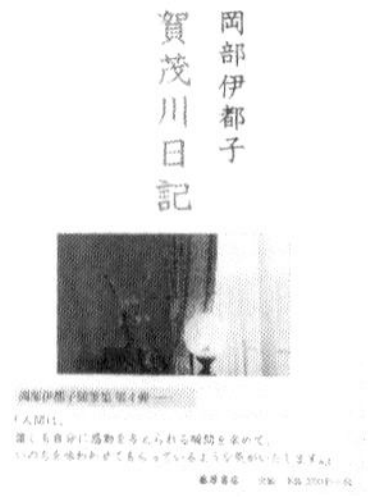

母なる朝鮮

朝鮮母像

岡部伊都子

日本人の侵略と差別を深く悲しみ、日本の美術・文芸に母なる朝鮮を見出す、約半世紀の随筆を集める。

［座談会］井上秀雄・上田正昭・岡部伊都子・林屋辰三郎
［題字］岡本光平　［跋］朴菖熙
［カバー画］赤松麟作
［扉画］玄順恵

四六上製　二四〇頁　二〇〇〇円
（二〇〇四年五月刊）
◇978-4-89434-390-0

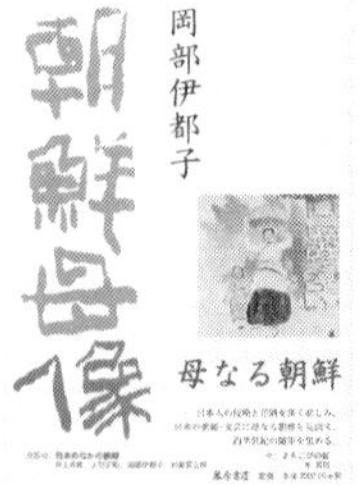

本音で語り尽くす

まごころ
〈哲学者と随筆家の対話〉

鶴見俊輔＋岡部伊都子

〝不良少年〟であり続けることで知的錬磨を重ねてきた哲学者・鶴見俊輔。〝学歴でなく病歴〟の中で思考を深めてきた随筆家・岡部伊都子。歴史と学問の本質を見ぬく眼を養うことの重要性、来るべき社会のありようを、本音で語り尽くす。

B6変上製　一六八頁　一五〇〇円
（二〇〇四年一二月刊）
◇978-4-89434-427-3

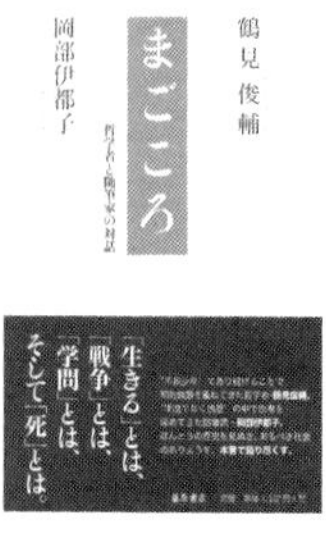

日中交流のかけ橋

〈中国語対訳〉シカの白ちゃん CD&BOOK

岡部伊都子・作
李広宏・訳　飯村稀市・写真

日中両国で歌い、日中の心の交流をはかってきた中国人歌手・李広宏が、その優しさとあたたかさに思わず涙を流した「シカの白ちゃん」。李広宏が中国語に訳し、二カ国語で作詞・作曲した、日中民間交流の真の成果。

A5上製　一四四頁＋CD二枚　四六〇〇円
（二〇〇五年九月刊）
◇978-4-89434-467-9

「ありがとう、ありがとう……」

遺言のつもりで

〈伊都子一生　語り下ろし〉

岡部伊都子

これからを生きる若い方々へ——しなやかで、清《ちゅ》らに生きた「美しい生活者」の半生。語り下ろし自伝。

四六上製　四二四頁　二八〇〇円
（二〇〇六年一月刊）
◇978-4-89434-497-6

愛蔵版
付・「売ったらあかん」しおり（著者印入）
四六上製布クロス装貼函入
口絵一六頁　五五〇〇円
（二〇〇六年一月刊）
◇978-4-89434-499-0

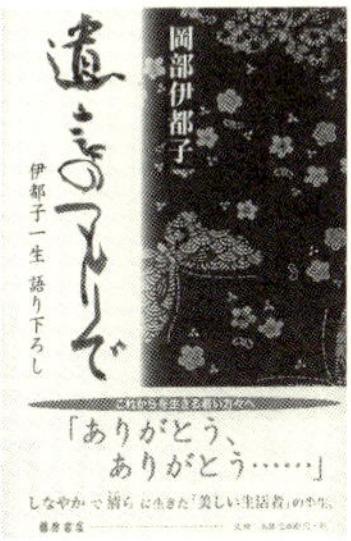

あたたかい眼差しの四十年

ハンセン病とともに

岡部伊都子

「ここには、〝体裁〟や〝利益〟で動かされない人間の真実を、見ている人びとがある」——非科学的・非人間的な隔離政策によって、国に、そして社会に、人間性を踏みにじられてきた元患者の方がたを、四十年以上前から、濁りのないあたたかい目で見つめ、抱きしめてきた著者の、「ハンセン病」集成。

四六上製　二三二頁　二二〇〇円
（二〇〇六年二月刊）
◇978-4-89434-501-0

手料理、もてなしの達人

伊都子の食卓

岡部伊都子

双の手のひらで結んだおむすびのうまさを綴る『おむすびの味』で世に出て、五十年。あつあつのふろふき大根、素朴な焼きなすび、冷ややっこ、そして思い出のスイカ……手料理を楽しみ、手料理でもてなす、食卓の秘伝とは。日々の生活のなかでの食べものとの喜び、いのちの原点をつづった、「岡部伊都子の食卓」。

四六上製　二九六頁　二四〇〇円
（二〇〇六年一一月刊）
◇978-4-89434-546-1